www.ingramcontent.com/pod-product-compliance
Lightning Source LLC
LaVergne TN
LVHW050946051026
849532LV00005B/1724
* 9 7 8 9 3 5 8 7 2 6 2 3 7 *

اقبال متین

کے پانچ یادگار افسانے

مرتبہ:

سید حیدرآبادی

© Taemeer Publications LLC

Iqbal Mateen ke 5 Yaadgaar Afsane (Short Stories)

by: Syed Hyderabadi

Edition: March '2024

Publisher :

Taemeer Publications LLC (Michigan, USA / Hyderabad, India)

ISBN 978-93-5872-623-7

9 789358 726237

کتاب	:	**اقبال متین کے ۵ یادگار افسانے**
جمع و ترتیب	:	**سید حیدرآبادی**
صنف	:	فکشن
ناشر	:	تعمیر پبلی کیشنز (حیدرآباد، انڈیا)
سالِ اشاعت	:	۲۰۲۴ء
صفحات	:	۸۲
سرورق ڈیزائن	:	تعمیر ویب ڈیزائن

فہرست

تعویذ

امی نہ رہیں تو صرف اتنا ہی ہوا نا کہ اپنے کمرے میں نہ رہیں۔ ہمارے گھر میں نہ رہیں۔ اس دم دمے میں بھی نہ رہیں جس کے زنانی دروازے سے سواری گھر جانے پر وہ پردہ داری کی لاج رکھتیں اور راہ گیروں کی نظروں سے خود کو چھپا کر چھپاک سے گھر کی چار دیواری میں ہو جاتیں۔

میں نے اب بے چوں وچرا یہ تسلیم کر لیا تھا کہ وہ ابا کے بعد کچھ دن رینگ کر چپ کے سے دنیا سے اٹھ گئیں۔ لیکن چھوٹم نہیں جانتا تھا، وہ کہتا تھا بھیا، امی ضرور ابا کے کمرے میں بند ہو گئی ہیں۔ میں ذرا اور بڑا ہو جاؤں تو قفل توڑ کر انہیں باہر نکال لاؤں۔

آج میرا پیاسا احساس مجھے سمجھاتا ہے کہ ہم لوگ شاید یہ اچھا نہیں کرتے۔ بچوں کے معصوم ذہن کو موت کے خیال سے اس طرح بچاتے ہیں، جیسے وہ جان جائیں تو ان کے ذہن پر موت کی پرچھائیں موت بن کر پڑے گی۔ چنانچہ چھوٹم کو زمانے تک امی کی قبر سے واقف نہیں کرایا گیا تھا بلکہ اس کو قبروں کی پہچان تک نہیں تھی۔ مجھے اپنے بڑوں کی یہ حرکتیں بہت اکھرتی تھیں۔ میں صرف سوچ کر رہ جاتا تھا۔ خود بھی اتنی اہلیت نہیں رکھتا تھا کہ انہیں یہ بتاؤں کہ موت کے تصور کے بغیر زندگی کا جواز ہی پیدا نہیں ہوتا۔ اس کا حسن نکھرتا ہی اس تصور سے ہے۔ تتلی کے پر، پردوں پر اپنا رنگ نہ چھوڑ جائیں تو وہ پلاسٹک کی ہو جائے گی۔ موت کو ہم نے خوفناک بنا رکھا ہے ورنہ وہ تو زندگی پر ایسی

رنگ برنگی چھینٹ اڑاتی ہے کہ کبھی کبھی اس کے آنچل کا سایہ زندگی کو سنوار دیتا ہے۔ شاید یہ بھی اپنا اپنا سوچنے کا انداز ہو۔ لیکن ایسا بھی کیا کہ جس ہونی کا نہ ہونا ممکن نہیں، جس کا زندگی سے چولی دامن کا ساتھ ہو اس کا ایک حصہ چھپا کر زندگی کو معصوموں کے ہاتھ میں تھما دینا کہ لو اس سے کھیلو۔ بھلا یہ کھیل کتنے دن کھیلا جا سکتا ہے۔

امی کی کھلی آنکھوں پر ابھی کسی ہاتھ نے پپوٹے نہیں ڈھانکے تھے کہ چھوٹم کو رشتے داروں میں کہیں دور بھجوا دیا گیا۔ میرے ساتھ یہ سازش کوئی کر نہ سکا۔ امی جب گھر سے جانے لگیں تو ٹیس اٹھی اور میں بین کرتی عورتوں اور انتظام میں مصروف مردوں کی دھکا پیل سے بچ نکلا۔ اپنے سانس کو قابو میں کرنے سے پہلے ہی میں نے خود کو ایک ایسی موٹر کار کی پچھلی سیٹ پر چھپا لیا جو امی کے ساتھ جانے والی موٹروں کی قطار میں شامل تھی۔ مجھے یقین ہوا کہ امی نے ہی کار کا پٹ کھول کر مجھے اندر دھکیل دیا ہو گا۔ وہ ہماری خدمت کا کچھ ایسا ہی طریقہ نکال لیتی تھیں کہ صرف ان کو معلوم ہو اور ہمیں معلوم ہی نہ ہو کہ وہ ہمیں محفوظ کر رہی ہیں۔

نیند میں بستر پر لوٹ پوٹ ہونے سے میرا بدن کھل کھل جاتا تھا۔ وہ اس طرح اڑھاتیں جیسے اپنا آپا اڑھا رہی ہوں اور میری روٹھی ہوئی نیند کو منا رہی ہوں۔ وہ اکثر کہتیں، تو رات بھر بستر پر سوتا ہے یا نیند کو ڈھونڈتا پھرتا ہے۔ ان کا یہ انداز اظہار مجھے اچھا لگتا۔ ویسے میرے تعلق سے یہ بات مشہور تھی کہ میں کلاس میں سو جاتا ہوں، محفلوں میں سو جاتا ہوں، شادی کی باراتوں میں سو جاتا ہوں۔ یہاں تک کہ لوگوں کے درمیان کھڑا کھڑا سو جاتا ہوں۔ اپنی مدماتی آنکھوں کی یہ باتیں سن سن کر کان پک گیے تھے لیکن بستر پر نیند کو ڈھونڈنے کی بات صرف امی ہی کرتیں اور ابا یہ سن کر مسکرانے کی کوشش کرتے۔

چھوٹم گھر واپس آیا تو ڈھیر سارے کھلونے اس کے ساتھ تھے۔ وہ خاندان کے دوسرے بچوں میں جو امی کے گھر سے چلے جانے کے بعد دوسرے ہی دن آہستہ آہستہ اپنے اپنے بزرگوں کے پاس آگیے تھے، مگن تھا، ایک ایک کھلونے کی چابی گھما کر اس کی نمائش کرتا۔ ان دنوں الکٹرانک کھلونے نہیں نکلے تھے۔ چابی گھمانے کا کاروبار تھا۔ بڑے بزرگ اس چابی کو کھلونوں کے لیے بھی استعمال کرتے اور شاید کھیلنے والے بچوں کے لئے بھی، اسی لیے بچے زیادہ معصوم تھے اور بزرگ کم آشنا۔

میں کچھ زیادہ ہی سوچتا تھا۔ نہیں معلوم یہ سوچ کی مظلومیت میرے بچپن ہی میں کہاں سے دبے پاؤں مجھ میں داخل ہوگئی تھی۔ چھوٹم کی یہ حرکتیں مجھے دل ہی دل میں روہانسا کرنے لگیں، اس نے میری طرف پلٹ کر بھی نہیں دیکھا۔ جی چاہا اس کے سارے کھلونے لے کر امی کے قبر پر رکھ دوں۔ ان سے کہوں لو اب ان کی حفاظت کرو۔ گردنہ جمنے دو ان پر اور چھوٹم سے کہوں جا سارے کھلونے مٹی کے اس تودے پر سے اٹھالا جس پر میں نے رکھے ہیں اور اسی میں امی دبی پڑی ہیں۔ تجھ سے بن پڑے تو انہیں بھی مٹی ہٹا کر نکال لے اور تیری اس موٹر سیکل سے جڑے کیریر میں ٹھونس لا جو پہیے کی مدد سے اس لیے بنا ہے کہ تیری اس موٹر سیکل کا توازن کر سکے۔

چھوٹم کی یہ موٹر سیکل بڑی شاندار تھی۔ بڑے دالان میں جہاں امی کی میت رکھی گئی تھی دوڑتا ہوا بڑا سا چکر مار کر بھی آہستہ آہستہ چلتا رہتا تھا۔ چابی ختم نہ ہوتی تھی جیسے چھوٹم کے ہاتھوں کی گرفت کی منتظر ہو اور چھوٹم لپک کر اسے اٹھالیتا۔ سب دوسرے بچے تالیاں پیٹتے۔ مجھے محسوس نہیں یقین ہونے لگتا کہ امی بہت بے چین ہوں گی۔ چھوٹم کی موٹر سیکل کو وہ اس جگہ کا طواف کرتے کس طرح دیکھ سکتی ہیں، جہاں ان کی آنکھ نہ کھلنے کے لئے آخری بار لگی تھی۔ وہ بھی موٹر سیکل کے پیچھے پیچھے بھاگ رہی ہوں گی کہ فٹ

سے اٹھا کر چھوٹم سے کہیں۔ یہاں نہیں۔۔۔ کہہ رہی ہوں۔۔۔ یہاں نہیں۔۔۔ بھاگ یہاں سے وہاں اتنا بڑا آنگن پڑا ہے، گھما اس میں اپنی موٹر سیکل۔ امی بھی کتنی بھولی ہیں، کیا نہیں جانتیں کہ صحن کی اوبڑ کھابڑ زمین پر چابی کی موٹر سیکل نہیں بھاگتی۔۔۔؟ اور چھوٹم اگر اس جگہ کے چکر کاٹے تو کیا ان پر تصدق ہو جائے گا۔

میرا جی چاہا یہ جو امی کو میں چھوٹم کی موٹر سیکل کے ساتھ بھاگتا ہوا صاف دیکھ رہا ہوں منٹ بھر کو پکڑ کر موٹر سیکل کی چابی انہیں تھما دوں۔ کہوں یہ چابی تم لے جاؤ ورنہ یہ چابی چھوٹم کے ذہن کو سوچ سے عاری کر دے گی۔ اور امی۔۔۔ سنو امی دیکھو، وہ زندگی بھر کھلونوں کے پیچھے بھاگتا رہے گا۔۔۔ دیکھو نا کیسا مگن ہے۔ میں روہانسا ہوں تم نے اتنی دور جا کر ذرا کی ذرا زمین سے پیٹھ لگائی نہیں کہ پھر بھاگ آئیں۔ مجھے چھوٹم سے کوئی بیر نہیں ہے۔ تمہارے لاڈ پیار کا بھی میں نے کبھی برا نہیں مانا۔ تم غلط سمجھتیں رہیں، اس نے پتھر بھر کا کر مجھے مار دیا تھا کیسا تڑپ کر رہ گیا تھا میں۔ اس پر جھپٹا تو تم آڑے آگئیں۔

"جانے بھی دے بیٹا چھوٹا بھائی ہے۔"

"تو کیا اب بڑا ہو گا ہی نہیں؟"

بس برا مان گئیں تم۔ زبان سے ایسے الفاظ کیوں نکالتا ہے۔۔۔ میری چوٹ نہیں دیکھی۔ ہو گئیں اس کی حمایتی۔ ایسے دم دلاسے کسی بچپن کو مرنے سے بچا لیتے ہوں گے لیکن زندگی کو مر مر کر جینے سے نہیں بچا سکتے۔ چھوٹم میرا بھی ہے امی، اور اب تو تم سونپ گئی ہو مجھے۔ لیکن کیا کروں کہ مجھے یہ اتھلا اتھلا جینا اکھراتا ہے۔ اسی لیے شاید مجھے اس وقت چھوٹم کی خوشی بھی بری لگتی ہے۔۔۔ امی کیا ہم پر قیامت نہیں ٹوٹی۔۔۔؟ اور ہم جھولا جھول رہے ہیں۔ کیا ہم کھلونے دے کر بہلانے کے لیے رہ گئے ہیں۔ آپ بھی عجیب ہیں امی۔ مجھے آپ یاد آرہی ہیں۔ آپ کی باتیں یاد آرہی ہیں۔

"آخر تو کیا بنے گا رے۔ کیا بنے گا آخر۔ ہمیشہ ہی الٹی سیدھی سوچتا ہے۔۔۔"

"چونچ سے دانہ اٹھانا آئے نہیں۔ کہے چونچ ہی توڑ پھینکوں۔"

اچھا اب چھوڑیئے بھی مجھے۔ کہیں جا کر رولوں گا، آپ پیچھا کریں گی تو چین سے رو بھی نہ سکوں گا۔ اچھا ہے آپ اپنے چھوٹو کے ساتھ رہیں۔ کیسا مگن ہے وہ۔ آپ سے میری نہیں نبھتی۔

ایسی باتیں امی سے زندگی بھر ہوتی رہیں۔ میں برا بھی مانتا رہا۔ لیکن آج وہی باتیں اچھی محسوس ہو رہی ہیں تو زبان کو لفظ نہیں ملتے۔ آنکھوں کو آنسو نہیں۔ بھلا یہ بھی کوی جینا ہوا کہ آنسو بھی اپنے نہ رہے۔ لیکن یہ سب کچھ کتنے برسوں کا تھا۔ وقت زخموں کا اندمال کرتا ہے۔ اس حقیقت سے مفر نہیں، لیکن اتنا ہی ہوتا ہے کہ ہرے زخم ہرے نہیں رہتے۔ درد بن کر نس نس میں سرایت کر جاتے ہیں۔ مرہم لگانا چاہوں تو دکھائی نہیں دیتے۔

میرے کالج میں پہنچنے تک ابا اور امی کسک بن کر رہ گیے تھے۔ میں نہ چوٹ لگی تو بلبلاتا تھا نہ گھائل ہوتا تو پلکیں بھیگتیں۔ یہ ٹھہراؤ کچھ عجیب سا ٹھہراؤ تھا۔ جیسے جوانی نے خود کو بڑھاپے کے حوالے کر دیا ہے اور بہت شانت ہوگئی ہے۔ قہقہے ہنسی میں بدلے اور ہنسی مسکان بن کر بھی ہونٹوں سے بچ نکلی۔ اتنا ضرور ہوتا کہ کبھی کبھی ہونٹ اس بھولی بسری مسکراہٹ کو پکڑ لاتے۔۔۔ لوگ کہتے میں مسکراتا ہوا اچھا دکھائی دیتا ہوں۔

مجھے امی کا وہ جملہ یاد آتا ہے۔ تو رات بستر پر سوتا ہے یا نیند کو ڈھونڈھتا پھرتا ہے۔

میں نہیں جانتا ان دونوں جملوں میں کہیں کوئی مماثلت ہے۔ لیکن اتنا ضرور ہوا تھا کہ میں بستر پر زیادہ بے آرام رہنے لگا تھا۔ محفلوں میں، مسافروں سے بھری بس میں، یہاں تک کہ ایک اچھا طالب علم ہونے کے باوجود کلاس میں سو جانا میرے لئے کوئی بات

نہیں تھی۔ سوتے جاگتے زندگی بیت جاتی ہے۔ لیکن وہ آنکھیں جانے کیوں میرے حصے میں آگئیں جو تنہائی میں جاگتی رہتی ہیں اور محفلوں میں سو جاتی ہیں۔ بالکل اس کمرے کی طرح جس کو امی نے ابا کے بعد بند کر رکھا تھا۔ اور چھوٹم کہتا تھا کہ امی اسی میں بند ہیں اور ایک دن وہ اسی کمرے سے انھیں بر آمد کرلے گا۔ آج ہم یہی کر رہے ہیں۔ امی کو اپنے اندر سے بر آمد کرتے ہیں، باتیں کرتے ہیں، پھر اپنے اندر چھپا لیتے ہیں۔ اب ہم ہی وہ کمرے ہو گیے ہیں جسے پھوپھی امی مقفل رکھتی ہیں۔

پھوپھی امی نے امی کے چہلم کے بعد اس کمرے کو کھول کر عود اور لوبان کا دھواں دلوایا تھا۔ اور کسی چیز کو اس کی جگہ سے ہٹائے بغیر جھاڑ جھٹک کر اپنے ہاتھوں صفائی کر دی تھی۔ اس دوران کبھی کبھی ان کا پلوان کی پلکوں کی نمی جذب کر لیتا تھا۔

پھوپی امی نے اس کمرے میں ساتھ دن تک تلاوت قرآن خود بھی کی اور قریبی اہالیان خاندان خواتین کو بھی اس موقع پر اپنے ساتھ شامل کرلیا۔ جب قرآن کا ورد ہوتا، مجھے ایسا لگتا جیسے کمرہ ویران سا ہو گیا ہے، یا بین کر رہا ہے، یا اونگھ رہا ہے۔ میں آج سوچتا ہوں، ان دنوں اس احساس کی کوئی توضیح نہ کرپاتا تھا۔ شاید ہمارے بڑوں نے اللہ سے پیار کرنا ہمیں نہیں سکھایا۔ اس سے اس درجہ خوف دلایا کہ ہمارے سرکار پر اتارا ہوا قرآن، طاق کی زینت تو بن کر رہ گیا، دل میں اتر کر اس کو منور نہ کر سکا۔ ہاتھوں کے رحل تو بنے، پڑھا بھی گیا طوطے کی طرح۔ مذہب نے انسانیت کے رشتے ضرور تلاش کیے تھے لیکن غم کو نا آسودگی سے زیادہ اہمیت ہی نہیں دی اور وہ جذبہ جو خدا کی پہچان تک لے جاسکتا تھا صبر کے نام سے خوف کی نذر ہوتا رہا۔

یہ اوٹ پٹانگ باتیں میں آج سوچتا ہوں، ان دنوں میرا ذہن صرف اس بات پر کڑھتا تھا کہ پھوپی امی مجھے اور چھوٹم کو اس کمرے میں داخل ہونے سے روکتی تھیں۔

چنانچہ میں بھی چھوٹم کو روکنے لگا تھا۔ چھوٹم نے مجھ سے ایک دن کہا تھا کہ، "بھیا مجھے ڈر لگتا ہے، تم ساتھ رہو تو امی کو اس کمرے میں ڈھونڈیں۔"

میں نے بپھر کر اسے ڈانٹ پلائی تھی اور کہا تھا، "امی مر گئی ہیں، اب کبھی نہیں آئیں گی۔" اس نے روہانسا ہو کر کہا تھا "مر گئیں تو مر گئیں مگر اس کمرے میں تو رہ جاتیں۔" میں نے اپنی بڑائی کو محسوس کرتے ہوئے کہا تھا، "تو بدھو ہے۔ مر گئی ہیں تو پھر یہاں کیسے رہ سکتی ہیں۔"

"ہاں!" اس نے کہا تھا، "لوگ کہتے ہیں مر جانے کے بعد کوئی کبھی نہیں آتا۔ لیکن یہ لوگ جو زندہ ہیں مرنے والوں کو پکڑ کر کیوں نہیں روک لیتے۔"

میں جانتا تھا کہ خدائی میں کوئی دخل نہیں دے سکتا لیکن چھوٹم کو یہ بات کیسے سمجھا سکتا تھا میں۔ ہاں خدائی سے مجھے خود خوف آنے لگا تھا۔ میں یہ بات کسی کو بتلا بھی نہیں سکتا تھا۔ چھوٹم نے بھی زیادہ حجت نہیں کی۔ کہا، "بھیا آخر امی جی کہیں رہتی تو ہوں گی۔" میں نے کہا، "ہاں رہتی ہیں۔"

"تم جانتے ہو اور ملتے بھی ہو۔"

"مجھے چھوڑ کر اکیلے ملتے ہو بھیا۔ مجھے ملاؤنا۔"

میں نے کہا، "ایک دن لے چلوں گا تجھے۔۔۔ دیکھ لینا امی ایک چھوٹے سے کمرے میں کس طرح رہتی ہیں۔"

چھوٹم اپنے دوست ونکٹ مرلی اور راس کی چھوٹی بہن بجی کی طرح امی کو امی جی پکارنے لگا تھا۔ ابا کے بارے میں کچھ کہتا تو ابا جی کہتا۔

میں نے چھوٹم سے رازداری میں کہا کہ یہ ساری باتیں پھوپی امی کو بتانا نہیں۔ ہم کو چھپ کر امی سے ملنے جانا ہو گا۔ چھوٹے نے خوشی خوشی مجھ سے وعدہ کر لیا۔

میں ان دنوں بس ایک بات بڑی شدت سے محسوس کرتا تھا کہ کمرے کے دروازے کے دونوں پٹ پھوپی امی دن بھر کھلے رکھتیں۔ شام ہوتے ہی پیتل کا بڑا سا چراغ جلا کر کمرے میں رکھ آتیں۔ ایسے میں مجھے یہ کمرہ بڑا آباد سا لگتا۔ بجلی گھر میں تھی ضرور لیکن کٹ گئی تھی۔ میں نظریں بچا کر کبھی دن میں کبھی شام کے بعد کمرے میں گھس جاتا اور ایک ایک چیز کو غور سے دیکھتا۔ ہوا کھلانے کے لیے پھوپی امی الماری کے پٹ ادھ کھلے رکھتیں۔

ایک قمیض اور پاجامہ الماری میں نفاست سے تہہ کیا ہوا رکھا تھا۔ نوٹ بک کے ایک پورے صفحے پر امی نے بڑے حروف میں لکھا تھا اور پنوں سے یہ کاغذ تہہ کیے ہوئے جوڑے پر نتھی کر دیا تھا۔ لیکن میں نے غور سے دیکھا تھا کپڑے پھٹے ہوئے تھے۔ لکھا تھا، "میرے صاحب انتقال کے وقت یہ لباس زیب تن کیے ہوئے تھے۔۔۔" میرا جی چاہا یہ کپڑے چپ کے سے پہن لوں اور چھوٹم سے کہوں چل ابھی امی سے مل آئیں۔ تو میرے کپڑے پہن لے۔ دیکھیں۔ اب وہ ہمیں پہچانتی بھی ہیں۔

پھوپی امی نے کبھی امی کو یاد کرتے ہوئے کہا تھا۔ "بھائی صاحب کہتے تھے کہ میری بیوی میری ساری بہنوں اور خاندان کی بزرگ خواتین سے زیادہ پڑھی لکھی ہے۔ اس کا املا اور انشا ان سب سے زیادہ درست ہے اور میں نے اردو کے ماسٹر صاحب سے "زیب تن" کے معنی پوچھ لیے تھے۔

آج میں امی کو زیادہ ہی سوچ رہا تھا۔ ذہن میں ہر طرف وہ تھیں اور آنکھوں میں ان کا کمرے میں سلیقے سے رکھا ہوا سامان۔ میری امی بڑی سلیقے مند مشہور تھیں۔ لیکن سب سجا کر ہمیں چھوڑ گئی تھیں۔ تو مجھے ان کے سلیقے سے شاید بیر سا ہو گیا تھا۔ میری نظر جو جزدان میں لپٹے ہوئے قرآن شریف پر پڑی تو میں نے بہت احتیاط سے قرآن شریف کو

چھوے بغیر جزدان کھول دیا۔ کتنے ہی سوکھے ہوئے پھول میرے قدموں میں بکھر گیے۔ میں نے جانے کیوں جھرجھری سی لی تھی۔ مجھے اچھی طرح یاد ہے۔۔۔ شاید یہ خوف ہی تھا کہ میں نے جھک کر پھول نہیں اٹھائے۔ احتیاط سے جزدان کو اسی طرح باندھ کر قرآن شریف کو دوسرے کمرے کے اوپری طاق میں رکھ آیا۔ بڑا سکون ہوا تھا مجھے، جیسے میں نے اللہ میاں کو میرے اور امی کے درمیان سے ہٹا دیا ہے۔

گھر والوں کی آنکھ بچا کر اس کمرے میں گھس جانا میرا معمول ہو گیا تھا۔ قرآن شریف کو دوسرے کمرے میں رکھ آنے کے بعد مجھے اس کمرے میں بڑا سکون ملنے لگا تھا۔ میں ایک ایک چیز کو چھوئے بغیر اوپر ہی اوپر غور سے دیکھتا اور امی کے سلیقے کی دل ہی دل میں داد دیتا۔ بہت جی چاہتا تو کسی چیز کو احتیاط سے کھول کر دیکھ لیتا، پھر اسی طرح جگہ ہٹائے بغیر رکھ چھوڑتا۔

محراب میں دھرے، لکڑی کے ایک چھوٹے سے قلم دان کو میں نے کئی بار دیکھا تھا۔ بہت جی چاہتا تھا کہ اسے کھول کر دیکھوں کہ آخر اس میں امی نے کیا رکھ چھوڑا ہے۔ لیکن میرا ہاتھ محراب تک نہیں پہنچتا تھا۔ باہر دالان سے چوپائی اٹھا لانے اور اس پر چڑھ کر قلمدان کا ڈھکن کھولنے کے منصوبے میں کب سے بنا رہا تھا۔ پھوپی امی، مبینہ باجی کے گھر مایوں میں دن سے ہی چلی گئی تھیں۔ میرے لئے یہ سنہرا موقع تھا، کمرے کے دونوں پٹ کھلے ہوئے تھے اور اگربتیاں جل رہی تھیں۔ میں نے ادھر ادھر دیکھ کر چوپائی اٹھالی اور سیدھے محراب کے مقابل زمین پر رکھ دی۔ جلدی میں شاید دیوار سے اس قدر گتھا کر رکھ دی تھی کہ میرا اس پر کھڑا ہونا محال تھا۔ ایک بار کوشش کر کے میں نے چوپائی کا دیوار سے فصل برابر کیا اور اس پر چڑھ کر اطمینان سے چوبی قلمدان کا ڈھکن کھولنا چاہا تو ڈھکن آدھا کھل کر محراب کی چھت کو چھو لیتا۔ اب اس کے سوا کوئی چارہ نہیں تھا کہ

قلمدان کو محراب سے نکال لیا جائے۔ چنانچہ میں نے بڑی شتابی سے یہ کام انجام دیا اور چوپائی سے اتر کر قلمدان اس پر رکھ دیا۔

کھولا تو خوشبو کے بھبکے نے مجھے مسحور کر دیا۔ یہ تو عطر دان نکلا۔ کوئی بارہ عدد شیشیاں ترشے ہوئے چوبی فریم کے جال میں جکڑی ہوئی عطر دان میں دھری تھیں۔ عطر میں بھیگی ہوئی ایک پھولی پھولی سے پڑیا تھا۔ میں نے یہ پڑیا عطر دان سے نکالی تو میری ہتھیلی اور انگلیوں کی گرفت بھر گئی۔ میں نے احتیاط سے جیب میں ٹھونس لی کہ یہاں کھڑا رہ کر اس کا جائزہ لینا خطرہ سے خالی نہ تھا۔ میری انگلیاں، خوشبودار ہوگئی تھیں۔ اس پر بھی میں نے ایک ایک شیشی عطر دان سے نکالی۔ کوئی بالکل خالی تھی، لیکن مہک رہی تھی۔ کسی میں پاؤ شیشی عطر تھا۔ نیلا نیلا سا۔ کانچ کا ڈاٹ نکالتے ہی خس کی بو نے نتھنوں کو معطر کر دیا تھا۔ کسی میں ایک دم گہرے سرخ رنگ کا عطر تھا۔ تقریباً بھری ہوئی اس شیشی سے کوئی اچھی سی مانوس سی خوشبو آتی تھی۔ میرا اس خوشبو سے واسطہ سا لگتا تھا، جیسے یہ میرے چھٹ پن سے ساتھ ساتھ رہی ہو۔ جی چاہتا ہے، اس کا صحیح رنگ آپ کو سمجھا سکوں۔ یوں سمجھ لیجئے چائے کا گہرا Decotion۔ بس یہ رنگ تھا اس کا۔

زیادہ شیشیاں خالی تھیں۔ دو ایک میں پیلا پیلا اور گلابی سا عطر تھا جو آدھی شیشی سے کم ہی تھا۔ میں نے ہر وہ نکالی ہوئی شیشی اس کی جگہ رکھ دی تھی، جس کو کھول کر دیکھا تھا، سونگھا تھا اور اس طرح اپنا کام پورا کر آیا تھا۔ عطر دان کو دونوں ہاتھوں میں احتیاط سے پکڑ کر میں "اسٹول" پر چڑھ گیا اور طاق میں رکھ چکا تب بھی اطمینان کا سانس نہ لے سکا۔ کمرے سے باہر نکل کر میں نے دیکھا۔۔۔ عباسیہ کی ماں جو ہمارے گھر، اوپر کا کام کرتی تھی الگنی پر بھیگے ہوئے کپڑے سکھانے کے لئے ڈال رہی تھی۔ اس نے مجھے مسکراتے ہوئے بغور دیکھا۔ میں ذرا سا بوکھلا گیا اور اس کی مسکراہٹ کو معنی پہنائے بغیر

کمرے میں گھس گیا۔ کچھ دیر بعد جھانک کر باہر دیکھا تو وہ نہ تھی۔ چھپا کے سے میں نے باہر لے جاکر چوپائی اس کی جگہ رکھ دی۔

پیچھے سے کسی نے آہستہ سے کہا، "بیٹا اماں یاد آتی ہیں نا۔"

میں نے مہکتی ہوئی پڑیا کو جیب میں ہی دبوچ لیا جیسے اس کی مہک کو دبوچ رہا ہوں۔ پلٹ کر دیکھا۔ عباسیہ کی ماں تھی۔ میں نے کہا، "نہیں نہیں اور چلتا بنا۔"

میں نے پڑیا اپنے لکھنے پڑھنے کی میز کے ڈرائر میں رکھ لی کہ کہیں باہر لے جاکر اور سب کی نظروں سے بچا کر اطمینان سے دیکھوں گا۔ کچھ دیر تک میں نے محسوس کیا کہ مجھ سے میرا سکون چھن گیا تھا۔ جیب میں ٹھنسی پڑیا نے جیب سے الگ ہو کر اپنی خوشبو اور ذرا سی نمی جیب میں بسا دی تھی اور اس کی مہک مجھے میری امی کی یاد دلا رہی تھی۔

امی کے قرینے اور سلیقے کی باتیں تو کبھی خاندان بھر میں ہوا کرتی تھیں۔ ادھر بند کمرہ کھل کر جب میرا رازداں ہوا تھا تو میں نے بھی قدم قدم پر امی کا سلیقہ دیکھا تھا۔ ہر چیز کو جتن سے رکھنے والی امی مجھے محفوظ نہ کر سکیں۔ میں اسی کسک کو ان کی یادوں کا قرینہ سمجھنے لگا تھا۔ اور مجبوری سے سمجھوتہ کیے جا رہا تھا، لیکن چھوٹم کو دیکھ دیکھ کر امی سے کبیدگی کا احساس بڑھنے لگتا تو میں امی ہی کو بھول جانے کے جتن کرتا۔ یہ ممکن ہی نہیں تھا کہ چھوٹم کو اتنا بے کس و نامراد چھوڑ کر امی موت کے ساتھ جانے کو تیار ہو گئیں۔ ان کے سارے قرینوں سے مجھے بیر سا ہونے لگتا، لیکن پھر فوری ہی ان پر ترس آنے لگتا۔ کیونکہ میں جانتا تھا کہ موت ظالم ہوتی ہے۔

میں نے سوچا کہ ہاتھ اچھی طرح دھولوں اور کپڑے بدل لوں کہ امی کی خوشبو سے مجھے چھٹکارا ملے لیکن یکایک میرے ذہن نے فیصلہ کن انداز میں بات سمجھا دی کہ تم جب تک بند پڑیا کھول کر نہ دیکھ لوگے بے آرام رہو گے۔۔۔ دیکھ لو۔ پھر صابن سے ہاتھ

دھو کر کپڑے بدل لینا۔ میں نے دیر نہیں کی۔ اپنی میز کے خانے سے پڑیا نکال کر پاجامے کے نیفے میں اڑس لی اور باہر چلا آیا۔ گھر سے اتنے فاصلے پر کہ کسی کی نظر مجھ پر نہ پڑے۔ میں نے پشت راستے کی طرف کی اور پڑیا پھر سے ہاتھوں کی گرفت میں جکڑ کر کھول دی کہ جیسے وہ پھر سے کہیں اڑ نہ جائے۔

اس پڑیا میں چار پھولے پھولے سے تعویذ نکلے۔ میں سمجھ گیا کہ قرآن پاک کی آیتیں ہوں گی۔ جو عطر میں بھیگ بھیگ کر پھول گئی ہیں۔ میں نے کھول کر دیکھا اور دنگ رہ گیا۔ اس میں ایک دانت تھا اور لپٹے ہوئے کاغذ پر کچھ لکھا ہوا تھا جو عطر میں بھیگ جانے کے بعد پڑھا نہیں جاتا تھا۔ میں نے دوسرا تعویذ کھولا تو اس میں بھی ایک کلساٹ مائل دانت نکلا۔ کاغذ کی تحریر بغور دیکھنے پر بھی کچھ سمجھ میں نہ آتا تھا۔ آخر یہ دانت کس کے ہیں۔ اب تحریر سے میری دلچسپی صرف اس حد تک رہ گئی تھی۔ امی کی ہنستی ہوئی بتیسی تصور میں کھل جاتی تو مجھے کسی کمی کا احساس نہ ہوتا۔ ان کے تو سارے ہی دانت موتیوں کی طرح چمکتے تھے۔ تیسرے تعویذ میں بھی یقین تھا کہ دانت ہی ہوگا۔ میں نے تعویذ کھولا تو دانت ہی نکلا۔ دونوں دانتوں سے اجلا تھا۔ تحریر صاف پڑھی جاتی تھی۔ جو پڑھا نہ جاتا تھا وہ ایسا تھا کہ اس نے جیسے اپنی اہمیت کھو دی ہے۔

"میرے صاحب کا تیسرا دانت جو عزیز از جاں چھوٹم سلمہ کی ولادت کے پورے دو ماہ دو دن بعد مسواک کرنے کے دوران نکل گیا تھا۔"

سات سال پہلے کی تاریخ درج تھی اور میں چھوٹم سے پانچ سال سے کچھ اوپر ہی بڑا تھا۔ میں چاہتا تو اس تاریخ کو بہ آسانی یاد رکھ سکتا تھا، لیکن میری بھیگی ہوئی آنکھوں کو امی نے اپنے ہی حال میں چھوڑ دیا تو چھوٹم جیسے مجھ سے چمٹ کر رونے لگا۔ میں جان گیا تھا کہ چوتھے تعویذ میں بھی دانت ہے۔

امی نے ابی کے دانتوں تک کی حفاظت کی اور چھوٹم کو چھوڑ گئیں۔ لیکن کیا امی بے قصور نہیں ہیں؟ ہمیں چھوڑ رہی تھیں تو ان کے بس میں کیا کچھ ہو گا۔ میں نے چمٹے ہوئے چھوٹم کو جو مجھ سے دور رہ کر بھی چمٹا ہوا رہتا تھا، الگ کرنا چاہا۔ پھر جانے کس جذبے کے تحت کچھ سوچے بغیر دانتوں کے چاروں تعویذ سامنے بہتی ہوئی گٹر میں پھینک دیے۔ دو ایک کاغذ دانتوں سے الگ ہو کر گٹر میں تیر رہے تھے اور دانت ڈوب گیے تھے۔ امی جھپٹ پڑیں۔ میرے دونوں ہاتھ اپنے دونوں ہاتھوں میں بڑی مضبوطی سے تھام لیے۔

"یہ کیا کر دیا تو نے؟ یہ کیسے کر سکا تو۔"

میں نے جھٹکا دے کر امی کے ہاتھوں سے اپنے ہاتھ جدا کیے اور وہ بھیگی آنکھوں سے مجھے تکتی ہوئی چھپاک سے غائب ہو گئیں۔ میں پھوٹ پھوٹ کر رونے لگا تھا۔ کچھ سنبھل کر اپنی آنکھیں ہتھیلیوں سے پونچھی تھیں تو آنکھیں معطر ہتھیلیوں سے جلنے لگی تھیں۔ میں نے صابن سے ہاتھ دھوئے تھے۔ میں نے اپنے کمرے میں جا کر قمیض بدل لی تھی۔ چھوٹم، عباسیہ کی ماں کی چٹائی پر پڑا پڑا مجھے مٹ مٹ دیکھ رہا تھا۔ قمیض بدل لینے سے بھی امی کی خوشبو نہیں گئی تھی۔ مجھے لگا تھا جیسے امی مجھ میں بس رہی ہیں اور چھوٹم میرے سارے راستے مسدود کر رہا ہے اور شاید میں نے اب کلاس میں سونا بھی چھوڑ دیا ہے۔

***

ننگے زخم

مہینے کی پہلی تاریخ کا تصور کسی کے لیے خوش آیند ہوتا ہو تو ہو؛ میرے لیے تو سارے سوئے ہوئے فتنوں کو جگانے کا پیش خیمہ ہوتا ہے۔ غلہ والا، دودھ والا، مالک مکان، ملازم، دھوبی، بھنگی، نائی بچوں کی فیس۔ پہلی تاریخ چپکے سے اس طرح نہیں چلی آتی جس طرح ولی دکنی کی محبوبہ دلنواز ان کے گھر آتی تھی،

ولی اس گوہر کان وفا کا واہ کیا کہنا

مرے گھر اس طرح آوے ہے جو سینے میں راز آئے

پہلی تاریخ تو اپنے جلو میں بڑی ہنگامہ آرائیاں، بڑی حشرت سامانیاں لیے بالکل مخدوم محی الدین کی مرضی کے مطابق کچھ اس طرح آتی ہے،

حیات لے کے چلو کائنات لے کے چلو

چلو تو سارے زمانے کو ساتھ لے کے چلو

لیکن آنے والی پہلی تاریخ تو خاص طور پر میرے لئے مصائب کا ایک پہاڑ لے کر کھڑی تھی۔ اس پہاڑ کی چڑھائی ہلاری اور رتین سنگھ کے کارناموں سے کسی طرح کم نہ تھی، جنہوں نے ایورسٹ کو فتح کر لیا تھا۔

ایورسٹ کے فاتح تو زندگی میں ایک بار ایورسٹ کو زیر کر کے امر ہو گیے۔ یہاں یہ عالم تھا کہ جسم و جاں کی ساری قوتیں اور دل و دماغ کی ساری توانائیاں صرف کر کے اگر میں آنے والے مہینے پر فتح پالیتا تو بھی کوئی پوچھنے والا نہ تھا۔ میری طرح کتنے ہی ایسے فاتح

ہوں گے جو ایک ایورسٹ پر چڑھ کر دوسرے ایورسٹ کا بوجھ چپکے سے اپنے سینے پر رکھ لیتے ہیں۔ لیکن تاریخ کے جن صفحات میں ان کے نام محفوظ ہیں، ان صفحات کو عرف عام میں دفتر کے رجسٹر یا قبر کے کھتے کہا جاتا ہے جنھیں کوئی تاریخ کا طالب علم دیکھنے کی زحمت بھی گوارا نہیں کرتا۔ اس لیے کہ یہ صفحات اس کے نصاب کی کتابوں سے خارج کر دیے گیے ہیں یا پھر شامل ہی نہیں کیے گیے۔

میں اسی پہاڑ کی بلندیوں تک پہنچنے کی انتھک کوشش میں یخ بستہ ماحول کے درمیان کھڑا ہانپ رہا تھا کہ مجھے ایک ہلاری مل گیا، میرے اس ہلاری کا نام تھا جتیندر۔ جتیندر میرے آفس کے ساتھیوں میں سب سے کم عمر تھا۔ اس کی شادی نہیں ہوئی تھی لیکن وہ عمر کی اس منزل پر تھا جہاں عورت اپنے حسن اور رعنائی سے قطع نظر کر کے بھی صرف عورت ہونے کے ناتے خیال و خواب کا ایک جہان بن جاتی ہے۔ ایک کائنات بن جاتی ہے۔۔۔ اور جتیندر اسی کائنات میں لمبی لمبی گہری سانسیں کھینچ کر کسی بھی عورت کی اس تازگی کو اپنے میں حلول کر لینا چاہتا تھا جو اس کی نس نس سے کنوار پن کے پھیلائے ہوئے زہر کو نچوڑ سکے۔

عورت تک پہنچنے میں اس کے راستے کی رکاوٹ وہ پہاڑ نہ تھے جو پہاڑ میری اپنی بیوی اور میرے اپنے بچوں کے درمیان حائل ہو گیے تھے، کسی بھی مہینے کی پہلی تاریخ اس کے لیے کبھی بھی 'سوغات' لے کر نہ آتی تھی جو سوغات میرا اپنا مقدر بن گیے تھے۔ اس کی محرومی سچ پوچھیے تو اس کی بیمار بہن تھی جو عمر میں اس سے بڑی تھی۔ لیکن اس کے باوجود جتندر کی بیوہ ماں اپنی اکلوتی بیٹی کی سیج نہ سنوار سکتی تھی جو کچی کلیوں اور ادھ کھلے پھولوں سے کسی بھی پھول والے کے پاس بنوائی جا سکتی تھی۔ لیکن جتیندر کی بہن سیج کے لائق اس لئے نہ تھی کہ اس کا بیمار جسم پھولوں کی ٹھنڈی خوشبو کا متحمل ہی نہ ہو سکتا تھا۔ اس کی

سانسوں سے دنیا بھر کی دواؤں کی بو آتی تھی اور اسی سے بچنے کے لیے جتیندر نے اپنے خیالوں کی دنیا کو عورت کے چمن در چمن تصور سے معطر کر رکھا تھا۔ ویسے بقول اس کے وہ معقول گھرانے کا ایسا چشم و چراغ تھا جس کی بالی گھی میں ڈبو کر جلائی گئی تھی۔

اس کی ہمدردیوں نے جب زخموں پر تسلیوں کے پھاہے مرہم میں بھگو بھگو کر رکھے تو میں نے بڑی فراخ دلی اور بلند حوصلگی کے ساتھ اپنا سینہ کھول کر سارے کے سارے جگمگاتے زخم اس کے سامنے پھیلا دیے۔ اس وقت میرے زخموں کی ساری جگمگاہٹ اس کی آنکھوں میں کرن کرن بن کر ٹوٹتی رہی۔ اس کی آنکھوں میں کسی نمی کا دور دور تک پتہ نہ تھا۔ اس کے چہرے پر دور دور تک کسی غم کی پرچھائیں نہ تھی۔ اس کی آنکھوں میں کرنیں ناچ رہی تھیں، اس کا چہرہ دمک اٹھا تھا۔

مجھے سخت ذہنی اذیت پہنچی تھی۔ میرے ہرے ہرے ننگے زخموں کو اپنی آنکھوں میں کرنوں کی طرح ناچتی ہوئی سوئیوں سے اس نے چھید کر رکھ دیا تھا۔ اس کے چہرے کی دمک، تمازت اور گرمی پہنچانے کے بجائے میرے زخموں پر برف کی قاشیں رکھ رہی تھی۔ آخر وہ میری زندگی کی ان چھوٹی چھوٹی مجبوریوں، ان ننھے ننھے سانحوں کی داستان سن کر اتنا خوش کیوں ہو گیا تھا۔ لیکن اس نے بہت جلد اپنی خوشی پر قابو پالیا۔ پھر بھی اس کی آنکھیں، اس کا چہرہ کسی ڈھکی چھپی مسرت کی غمازی کر رہا تھا۔

"تم بالکل فکر نہ کرو۔" اس نے میرے کندھے پر ہاتھ رکھتے ہوئے کہا۔

"فکر نہ کرنے ہی سے تو فکر دور نہیں ہو جاتی۔" میں نے اس طرح کہا جیسے میں نہیں بول رہا ہوں۔ میرے زخموں کو زبان مل گئی ہے۔

"بس کل صبح چلے آنا میرے گھر۔ ساہو سے دلا دوں گا۔ سود بھی زیادہ نہ ہوگا۔"

"تم سانڈ کی طرح پڑے سوتے رہو گے۔ تمہیں دنیا کے دکھ درد کا علم ہی کیا ہے۔"

میں نے بات پکی کرنے کے لیے اضافہ کیا۔

"میں بہت جلد بیدار ہو جاتا ہوں۔" اس نے پھر اپنی خوشی کو دبانے کی کوشش کی۔

"بہت خوش نظر آتے ہیں۔" میں پوچھ ہی بیٹھا۔

"پھر کیا خوش نہیں ہوں گا۔ تم جیسے دوست کے کام آسکوں تو یہ میری خوش نصیبی نہیں ہے؟"

"اچھا تو یہ بات ہے۔" واقعی اس کے اس جذبے نے مجھے بے اندازہ تسکین دی۔

"ہاں ذرا کپڑے بڑھیا پہن کر آنا۔ وہ سوٹ ہے نا تمہارا وہی ڈاٹ لینا۔"

"بھئی سوٹ ہی پہن لوں گا۔ لیکن اس طرح بنا سنوار کر کہاں لے جاؤ گے مجھے۔"

"اسی ساہو کے بچے کے پاس۔ اس پر رعب جو جمانا ہے۔"

مجھے ہنسی آگئی۔۔۔ وہ خود بھی ہنستا رہا۔

میں نے کہا یار، "ایسے کتنے ہی جھوٹے رعب جمانے والے اس کے پاس دن میں چکر لگا جاتے ہوں گے۔"

"کچھ بھی ہو پیارے۔ خوش پوشی ہمیشہ آنکھوں میں دھول جھونکتی ہے۔ لوگ آنکھیں ملتے جاتے ہیں اور دھوکہ کھا جاتے ہیں۔"

"اچھا بھئی یہی سہی۔"

میں اطمینان سے گھر لوٹا۔ جتیندر نے واقعی دوستی کا حق ادا کیا تھا۔ ورنہ نفسی نفسی کے اس زمانہ میں کون کسی کے دل تک پہنچتا ہے۔ ایورسٹ کی فتح اب میرے لیے کوئی کارنامہ نہیں رہی تھی۔ کل صبح ہونے تک میں ایورسٹ کی چوٹی کو اپنے کف پا کے لمس سے آشنا کر دوں گا۔ دنیا بھر کی زبان پر میرا نام ہو گا کہ نہیں اس سے مجھے دلچسپی نہیں۔ میری بیوی اور میرے بچوں کی زبان پر میرا ہی کلمہ ہو گا۔ صبح ہوتے ہوتے میں دھڑکتے

دل سے جتیندر کے دروازے پر وقت سے کچھ پہلے ہی کھڑا تھا۔ کواڑ کھٹکھٹائے تو ایک بڑھیا نے دروازہ کھول کر میرا سواگت کیا۔ مجھے بڑے ادب سے لے جاکر ڈرائنگ روم میں سوفے پر بٹھایا اور خود اطلاع دینے چلی گئی۔

میں ڈرائنگ روم میں بیٹھا بیٹھا جتیندر کے تمول کے متعلق سوچتا رہا۔ اس کے جملے رہ رہ کر میرے کانوں میں گونجتے رہے کہ، "یار میرے ہزاروں روپے جو مجھے ترکے میں ملے ہیں، بنک میں پڑے ہیں، لیکن میں اپنی ماں سے اجازت لیے بغیر ایک پیسہ بھی نکال نہیں سکتا۔ دنیا ملتی ہے یار۔ ماں کہاں ملتی ہے۔ ماں کی خوشنودی سب سے بڑی نعمت ہے۔"

جتیندر کتنا ہمدرد دوست، کتنا فرماں بردار بیٹا اور کتنا ذمہ دار بھائی تھا۔ اس کی شخصیت کی تہہ داری آہستہ آہستہ مجھے متاثر کرنے لگی۔ میں انہی خیالات میں غلطاں تھا کہ یکایک ایک دیدہ رو اور باوضع بزرگ کمرے میں داخل ہوئے۔ میں تعظیم کو اٹھ کھڑا ہوا۔ جب انہیں میں نے بتایا کہ میں جتیندر کے لئے آیا ہوں تو وہ کچھ اس نگاہ سے مجھے دیکھ کر لوٹ گیے جیسے میں نے کوئی قصور کیا ہے۔

جتیندر آیا تو میں نے پہلا سوال یہی کیا کہ یہ بزرگ کون ہیں۔ جتیندر نے بتایا کہ وہ اس کے دور کے رشتوں کے چچا ہوتے ہیں۔ بات آئی گئی ہوگئی اور ہم دونوں ایورسٹ کی فتح کے لیے روانہ ہوگیے۔ ساہو کے گھر کے قریب پہنچے تو جتیندر نے پوچھا، "تمہیں صرف سو روپے چاہئے نا۔"

میں نے کہا، "ہاں! میں تم سے پہلے ہی کہہ چکا ہوں۔"

جتیندر کچھ خاموش سا میرے ساتھ چلتا رہا۔ میں نے خاموشی کی وجہ پوچھی تو کہنے لگا کہ وہ مجھے ساہوکار سے اپنے افسر کی حیثیت سے ملائے گا اور میں بھی اپنی عہدہ کو ملحوظ

رکھوں۔ مجھے ہنسی آگئی۔ میں نے جتیندر کو بھی ہنسانے کے لئے وہ سارے جملے اس کے آگے دہرائے جو ہم اپنے افسروں کی نقل اتارنے کے لے اپنے ساتھیوں میں دہراتے تھے اور جتیندر اس قدر محظوظ ہوتا تھا کہ اس کی ہنسی قہقہوں کی حدوں کو چھو لیتی تھی۔ لیکن اس وقت وہ بدقت تمام مسکرا سکا۔

ساہو کی سیڑھیاں چڑھتے وقت اس نے مجھ سے کہا، "یار تم دو سو کا کاغذ لکھ دونا۔ سو روپے کی مجھے بھی ضرورت ہے، اپنے حصہ کا سود میں ادا کرلوں گا۔" دفتر میں پہلی بار میرے زخموں کے عریاں ہو جانے پر جتیندر کی مسرت کا عالم میری آنکھوں کے سامنے مجسم ہو کر رہ گیا تھا۔

مجھے ایسا محسوس ہوا جیسے میں اور جتیندر جس پہاڑ کی چوٹی پر کھڑے ہیں وہ ایورسٹ سے کئی ہزار فٹ بلند ہے اور ہلاری اور رتین سنگھ ہزاروں فٹ نیچے کسی گہری اور عمیق کھائی میں کھڑے چلا رہے ہیں۔ تم اور جتیندر عظیم ہو۔ تم اور جتیندر امر ہو۔ اور اس کھائی کا نام ایورسٹ ہے۔

قرض لے کر میں اور جتیندر لوٹ رہے تھے تو میں اخلاقاً اس کو چھوڑنے کے لیے رکشا پر اس کے ہمراہ اس کے گھر گیا۔ دروازے پر پہنچا تو ان اجنبی بزرگ کی آواز مجھے صاف سنائی دے رہی تھی، جن سے ڈرائنگ روم میں صبح مڈ بھیڑ ہو گئی تھی۔ وہ کہہ رہے تھے، "اب تو تیرا لونڈا بھی میرے ڈرائنگ روم میں اپنے دوستوں سے ملنے لگا ہے۔"

اور وہی بڑھیا سامنے کھڑی تھی جس نے صبح کو میرے لیے دروازہ کھولا تھا۔ میں آپ کو کس طرح بتادوں کہ وہ جتیندر کی ماں تھی جب کہ جتیندر نے مجھے یہ نہیں بتایا۔

***

خالی پٹاریوں کا مداری

اگر وہ مجھے پیچھے سے پکار لیتا۔۔۔ابا

تو بھی کیا میں پل بھر کو اس کے لیے ٹھہر سکتا تھا؟

"آنسو مٹی میں گرے کہ دامن میں جذب ہو۔ پلکوں سے چھوٹنے کے بعد نہ کنکر ہے نہ موتی۔"

کیسی کیسی راحتیں تج کر عمر کی کشتی میں ڈولتے ہم کتنی مسافتیں طے کر لیتے ہیں۔ نہ پلٹ کر دیکھنے کی فرصت ہے نہ یاد ہی کر لینے کا یارا۔

آج کوئی دامن پکڑ کر پوچھتا بھی تو نہیں جو شرم سے گردن جھک جائے اور کتنے ٹھسے سے میں گردن اٹھا کر چلتا ہوں۔ سرافراز، سربلند۔ لیکن سچ پوچھو تو ہم کہاں کہاں جا کر اس بیسوا زندگی سے مصالحت کر لیتے ہیں۔

راحت کی عمر ہو گی چودہ برس۔ بالی سی عمر، گڑیاں کھیلنے کے دن۔ کھ سوچ بغیر نیند کی آغوش میں اپنا آپا تج دینے کی راحتیں اور یہ لڑکی مجھے عمر کی اس منزل پر ملی جہاں ابھی ابھی میری مسیں بھگی تھیں اور اس کے لیے درخت پر چڑھ کر پکے شہتوتوں سے اس کا دامن بھر دینا میرے لیے فخر کی بات ہوتا۔

اللہ یہ کچی کچی املیاں۔ راحت کا جی میرے ہوتے بھلا یوں ترس سکتا تھا۔

پتھر اٹھا کر درخت پر دے مارا اور لدی امیاھں میں نے اس کے قدموں میں بکھیر دیں۔

اور ہم نے کتنی ہی کچر کچر چبا کر تھوک ڈالیں۔

برسات سے جل تھل ہوتے ہوئے میدان میں ایک دوسرے کو چھونے اور پکڑنے کے لیے بھاگنا اور پھر ایک دوسرے کی دسترس سے بچنے کے لیے گھٹنوں گھٹنوں پانی میں اتر جانا۔۔۔ پانی کے چھینٹے اڑا کر کھیلنا اور پھر غور غور سے ایک دوسرے کے گیلے کپڑوں میں سے چھنتے ہوئے بدن کو جھانکنا۔

پھر ہاتھ بڑھا کر اس کی لمبی لمبی گھنی سیاہ اور بھگی زلفوں کو اپنے ہاتھ پر لپیٹ لینا۔

وہ گر رہی تھی اور جب میں نے اس کو پہلی بار سنبھالا تھا تو جسم کے کتنے ہی خطوط، کتنے ہی زاویے، کتنی ہی قوسیں میری آنکھوں میں بس کر رہ گئی تھیں۔

سنبھلنے کے لیے مجھ سے چمٹی ہوئی جب وہ کنارے تک پہنچی تو گویا وہ بھی بہت دور نکل آئی تھی۔ میں بھی بہت دور اسے لے آیا تھا اور اب میں اسے راحت کے بجائے رات پکارنے لگا تھا۔

اب میں اس کی گڑیوں کے گھروندوں تک جا پہنچا تھا۔ اس کی ان پٹاریوں تک جا پہنچا تھا جن میں جانے کیا الم غلم وہ سو سو جتن سے چھپائے رکھتی تھی۔

پھر جیسے سب کو چھوڑ کر اس نے گھروندوں میں۔۔۔ مجھے بسا لیا۔۔۔ ان پٹاریوں میں مجھے چھپا لیا۔

کرکٹ کا بلا گھما کر جب میں نے گیند پر بہت زور سے ہٹ لگائی تو یہ گیند مٹی کے اس گھروندے کو توڑ کر نکل گئی جو راحت نے بڑے چاؤ سے بنایا تھا۔

لیکن اس نے کوئی پروا نہیں کی، نہ ہی میرا دل دکھا۔

میں ڈر کر اس کے قریب گیا۔ گیند کو میں نے پرے پھینک دیا تو ہم دونوں مل کر دوسرا گھروندا بنانے میں منہمک ہو گئے۔

گھروندے بناتے، مجھے ان میں بساتے، پٹاریوں میں پہلے میرے تحفے پتھر جیسے خود مجھے چھپاتے، مری چو مکھی گیند کے پیچھے بھاگ بھاگ کر ہلکان ہوتے، جب وہ گھٹنوں گھٹنوں پانی میں اتر گئی تو میں نے گرا گرا کر سنبھالتے ہوئے کنارے پر لا کر اس سے پوچھا ایک بالکل نیا کھیل کھیلو گی؟

اور وہ شرما گئی۔

پھر میں نے زیادہ چاؤ سے شہتوت اس کے دامن میں بکھیر دیے۔

کچی کچی امیوں کی بونگیں اس کے منھ میں ٹھونسیں تو اس نے زیادہ مزے لے لے کر کچر کچر چبا ڈالیں۔ ہم نے یہ نیا کھیل جاری رکھا۔ اس کی آنکھوں کے راستہ میں اس کے دل میں اترتا گیا۔ پھر اس کے بدن ہی کا ایک حصہ ہو کر رہ گیا۔ کہتے ہیں حوا آدم کی پسلی سے پیدا ہوئی تھی۔

اپنی چھوٹی سی عمر کی مختصر سی پونی لے کر وہ جتنی تیزی سے میری زندگی میں داخل ہوئی اتنی ہی تیزی سے اپنا سب کچھ مجھ پر نچھاور کر کے مجھ سے جدا بھی ہوگئی۔

جب وہ اپنا سب کچھ مجھ پر لٹا رہی تھی، اس وقت نہ ہی میں نے جنم جنم کے لیے اس کا ہو رہنے کی قسمیں کھائیں، نہ اس کا ہاتھ تھام کر اس کو یقین دلایا کہ اب اسی طرح اس کے قدم بہ قدم زندگی کا سفر پورا کر لوں گا۔

ہمارے بنگلے کے پیچھے ایک عالی شان محل تھا جس کے احاطے میں ایک خوبصورت سا چمن تھا جو اپنی رعنائی آہستہ آہستہ کھو رہا تھا، اس محل کے ایک حصے میں راحت اور اس کی ماں رہتے تھے۔ بنگلے کا تین چوتھائی حصہ مقفل تھا۔ احاطے کے باغ میں جو بیرونی کمرے بنے ہوئے تھے ان میں ایک مالی ایک مالن اور اس کے بچے رہتے تھے۔ چمن کی دیکھ بھال اور راحت اور اسکی ماں کے احکام کی تعمیل ان کے ذمہ تھی۔ اس کی ماں اسی

بڑے گھرانے کی پروردہ تھی۔ گھر کی بیگم صاحبہ کو خوش کرنا۔ اپنی الٹی سیدھی باتوں سے ان کا دل بہلانا۔ اداس ہوں تو ہنسانا۔ ہنس رہی ہوں تو قہقہے لگوانا۔ قہقہے لگائے جائیں تو عمر بھر خوش رہنے کی دعائیں مانگنا۔ بس یہی کبھی اس کے فرائض تھے لیکن اب وہ بیگم صاحبہ رہ گئی تھیں، نہ ان کو ہنسانے کے جتن کرنے والے۔ راحت کی ماں بھی اپنی دی ہوئی دعاؤں میں تاثیر ڈھونڈتی رہ گئی اور آہستہ آہستہ جاگریں ضبط ہو گئیں۔

راحت کی ماں نے بھی اچھے دن دیکھے تھے۔ ان کے میاں صاحب کے مصاحب تھے اور تھیں بیگم صاحب کی منھ چڑھی۔ راحت کے ابا کو اللہ کو پیارے ہوئے کوئی تین سال ہو گئے تھے۔ صاحب اور بیگم صاحبہ کے وہ دن نہ رہے تھے کہ انھیں خوش رہنے کی دعائیں دی جاسکتیں۔

راحت کی ماں کو ماہ بہ ماہ پنشن برابر ملتی تھی۔ جاگیروں کی ضبطی کے بعد حکومت نے ان وظائف کو یک لخت مسدود نہیں کیا تھا جو پہلے ہی سے منظور تھے۔ سو انھیں ماہ بہ ماہ پنشن مل جاتی۔ اس کے علاوہ ضلع بھر میں راحت ہیر آئیل بہت مرغوب ہو گیا تھا۔ راحت کی ماں نے اپنی لاڈلی ہی کے نام سے جب یہ چھوٹا سا کاروبار شروع کیا تو اسے کافی منافع ہوا اور واقعی ضلع بھر میں راحت ہیر آئل گھر گھر میں تھا۔ ہمارے گھر نہ صرف امی وہی لگاتی تھیں بلکہ تحفے کے طور پر ہمارے چند رشتہ داروں کو جب انھوں نے شاشیں شہر بھجوائیں تو پھر ہر ماہ بھجوانے کا انتظام بھی انھیں کرنا پڑا۔

راحت کی ماں کہتی تھیں کہ شیشوں کے لیبل پر جس لڑکی کی تصویر ہے، وہ راحت ہی کی ہے۔

یہ دعویٰ نہ کبھی میری سمجھ میں آیا، نہ ہی میں نے کبھی اس کو سمجھنے کی کوشش کی۔

ہیر آئل کی تصویر میں اگر کوئی چیز راحت سے مشابہ تھی تو بس لمبی لیکی زلفیں

تھیں۔ چہرہ تو بالکل جدا تھا۔ اچھی خاصی بھرپور عورت کا۔ لیکن مجھے ان تصویروں سے بھلا لینا دینا ہی کیا تھا۔ میں تو راحت کی ان لمبی لمبی گھنی زلفوں میں منھ چھپا کر جو راحت ہیر آئل سے معطر رہتیں، اس سے کہا کرتا۔

"تم خدا کے لیے یہ تیل مت لگایا کرو رات۔ تمہاری زلفوں میں جب منھ چھپاتا ہوں تو تمہارا یہ تیل میرے گالوں پر، میرے سارے چہرے پر لگ جاتا ہے۔ سوچو تو بھلا اگر میرے چہرے پر یہ لمبے لمبے بال اگ آئیں۔۔۔ پھر تو تم ہی ڈر کر میرے قریب نہیں آؤ گی۔ تب میں کیسا اکیلا اکیلا پھروں گا۔ بن رات کا چند اکہیں بھایا ہے۔" اور اس کی زلفوں میں منھ چھپا کر میں ریچھ، بن بن کر اسے ڈراتا، گدگداتا اور وہ اپنے لمبے لمبے بالوں سے میرے ہاتھ ملا کر انھیں زنجیر کر دیتی۔

کیسے کیسے کھیل اس مختصر مدت میں ہم نے رچا ڈالے۔ اپنا دامن پھیلائے وہ میرے ساتھ ساتھ چلتی رہی اور میں نے بغیچے کے سب ہی شاداب اور رنگین پھول توڑ ڈالے اور اس کا دامن بھر دیا۔ ان پھولوں کا اس نے جب ہار بنا کر مجھے پہنانا چاہا تو میں نے جھپٹ کر اس سے ہار چھین لیا اور اس کی لمبی سیاہ راتوں جیسی زلفوں میں گوندکر جیسے ستارے ٹانک دیے۔

پھر انہی سیاہ راتوں میں چھپ چھپ کر انھیں ستاروں کی چھاؤں میں میں کتنی ہی بار اس کا ہو گیا اور وہ میری۔ ایک دن اس نے سر جھکا کر مجھ سے کہا۔

"مجھے ابکائیاں سی آتی ہیں۔ میرا جی اوبتا رہتا ہے۔ مجھے وہ کچی املیاں توڑ دو نا۔" اس سے پہلے کہ میں پتھر لے کر لدے ہوئے املی کے درخت پر دے مارتا۔ میں نے راحت کا کرتا اٹھا کر اس کے پیٹ کو سہلایا۔ پھر جھک کر چٹاچٹ پیٹ کو چومنے لگا۔

اس نے حیران ہو کر پوچھا۔۔۔ "یہ کیا کرتے ہو۔"

میں نے خوشی خوشی اس کی آنکھوں میں اترتے ہوئے کہا، "اس میں میرا بچہ ہے پگلی۔"

اس کی آنکھیں پل بھر کو جگنوؤں کی طرح چمک اٹھیں۔ پھر صرف اس کی زلفوں کی ساہ رات رہ گئی اور آنکھوں کے جگنو جانے کہاں جا بسے۔

میں ابھی خوش ہی تھا کہ وہ اس قدر اداس ہو گئی۔

میرے سینے پر سر رکھ کر جب وہ سسکنے لگی تو سسکتے سسکتے اس نے پوچھا، "اب کیا ہو گا؟"

اور میں سوچنے لگا واقعی اب کیا ہو گا۔ میں تو اس قدر خوش ہو رہا تھا۔

راحت کی آنکھوں میں بھی جگنو چمک اٹھے تھے۔ لیکن شاید یہ کوئی خوش ہونے کی بات ہی نہ تھی۔

میں نے اس کو دلاسا دیا۔ جھوٹ موٹ تسلیاں دیں۔ بہلایا منایا اور جب وہ کچھ مسکرا سکی تو اس کو گدگدا کر ہنسایا اور اپنی محبتیں جھوم جھوم کر اس پر نچھاور کیں۔

میں سمجھ گیا تھا کہ میں اور راحت اب کچھ اور دنوں تک ایک دوسرے کے نشے میں چور نہ رہ سکیں گے۔ اب نہ میں اس کا دامن شہتوت سے بھر سکوں گا نہ چمن کے شاداب پھولوں سے اب نہ ڈھیر سی املیاں اس کے حکم پر مجھے توڑ لانا ہے نہ وہ اب میری بانہوں میں جھومتی ہوئی انھیں کچر کچر چبا کر تھوکتی رہے گی۔

پانی برسا کرے گا۔ میدان بھی جل تھل ہوں گے۔ سوکھے ڈبرے پھر سے بھر جائیں گے۔ ہریالی دور دور تک مخمل کی طرح بچھی رہے گی۔ نبولیاں پکیں گی۔ خالی جھولا اس گھنے نیم کے پیڑ پر ہوا سے ہلکورے کھاتا رہ جائے گا۔۔۔ مینڈک سر شام ٹر ٹر کرنے لگیں گے۔ میں اکیلا گھر سے نکلوں گا تو راحت قدم قدم پر راستہ روکے گی۔ ہنستی دوڑتی

اچھلتی بھاگتی مجھ سے چمٹی میری بانہوں میں جھولتی۔ میرے دونوں ہاتھوں کو اپنی زلفوں سے زنجیر کرتی، قہقہے لگاتی۔ پھر وہ ایک دم ٹھٹک کر رہ جائے گی۔ پھر اس کی آنکھوں میں جگنو دم بھر کو بھٹکیں گے۔ پھر وہ گردن جھکا کر اداس ہو جائے گی، پھر وہ سسکنے لگے گی۔ میں اپنے تصورات کی دنیا میں اس کو کب تک اٹھائے اٹھائے پھروں گا ایک دن، دو دن پھر میں بھی شہر چلا جاؤں گا۔

دو دن گزر گئے۔ راحت نہیں آئی۔ جب میں سر شام اپنے مخصوص راستوں سے ہو کر اس کے گھر پہنچا تو اس کے باغیچے کے پھول رو رہے تھے۔۔۔ کانٹے ہنس رہے تھے۔ عمارت کے اس حصے میں جہاں وہ رہتی تھی، مالن دیا جلا کر رکھ رہی تھی۔ مالی نے مجھے بتایا راحت بی بی بہت بیمار ہو گئی تھی۔ اس کی ماں بہت پریشان تھی اس کو علاج کے لیے شہر لے گئے ہیں۔

میں لوٹنے لگا تو راحت جیسے کرتہ اٹھائے اپنا ننگا پیٹ میرے سامنے لیے کھڑی تھی۔

"اس کو چومو اس میں تمہارا بچہ ہے۔"

راحت کی ماں امی کی بڑی چہیتی تھی، اس کی خوش طبعی، اس کے آداب و تمیز، اس کے رکھ رکھاؤ کی امی دلدادہ تھیں۔ مجھے یقین تھا کہ اس نے امی سے کچھ نہ کچھ ضرور کہا ہو گا۔ میں نے کرید کرید کر امی سے پوچھنا چاہا لیکن انھیں تو اس کا بھی علم نہ تھا کہ راحت اور اس کی ماں شہر چلے گئے ہیں۔ بمشکل آٹھ دن گزرے ہوں گے کہ راحت کی شادی کے دعوت نامے ہمیں ملے۔ امی نے ٹیلی گرام کے ذریعہ راحت کی امی کو مبارکباد دی اور انھیں نیک تمنائیں بھیجیں۔

میں چپکے سے اس کے باغیچے میں پہونچ کر بہت سا وقت وہاں گزار آیا۔

کالج کھل گئے تو میں بھی داخلہ لینے کے لیے شہر چلا گیا کیوں کہ ہائی اسکول میں پاس

کر چکا تھا۔

کچھ ہی دن بعد ابا کا تبادلہ اس ضلع سے ہو گیا اور اس طرح راحت سے ملنے اسے دیکھنے، اس سے صرف ایک بار بات کر لینے کی تمنا بھی پوری نہ ہو سکی اور اس سے پہلے کہ یہ تمنا حسرت بن کر دل میں جاگزیں ہو جاتی، اپنی موت آپ مر گئی اور وہ اس طرح کہ مجھے کچھ پتہ نہ چل سکا۔

میں "رات" کو بھول بھال گیا۔ عمر کی اس منزل میں جب کہ کالی راتیں جگمگاتے دنوں سے زیادہ پیاری ہوتی تھیں میں راحت کی ساوہ زلفوں میں اپنے ہاتھوں کو کب تک زنجیر رکھ سکتا تھا۔ کالج کے دن رات، ہماہمی، چہل پہل، گہما گہمی۔

ہاں ایک ننھی سی یاد تھی جو دل کے کسی تاریک گوشے میں چھپ کر سہمی، سمٹی بیٹھ گئی تھی۔ لرزاں لرزاں، ہراساں ہراساں۔ سپیرے کی پٹاری میں چھپی ایسی ناگن کی مانند جس کا زہر چھین لیا گیا ہو۔ پھن کھول کر سر نکال لینا تو آئے، پر ڈس کر تڑپانا بس میں نہیں۔

اور یہ بے ضرر ناگن کبھی کبھی اپنا پھن پٹاری سے باہر اس وقت نکال لیتی ہے جب میرے خاندان میں کسی کو پہلونٹی کا بچہ ہوتا ہے۔۔۔ اور پھر خود ہی اپنا سر اندر کر کے چھپ رہتی ہے اور وقت اس پٹاری کا منہ پل بھر میں ڈھنک دیتا۔ راحت مجھے اس وقت بھی یاد نہیں آئی۔ جب میں نے اپنی دلھن کا گھونگھٹ الٹا۔ میں تو پلکیں جھپکا کر چودھویں کی اس چاندنی کا ہو رہا تھا جو میرے اطراف پھیل گئی تھی۔

ایک دن جب میری بیوی نے اپنا سر میرے سینے پر رکھ کر نیچی نیچی نظروں سے مجھے بتایا کہ جی اچھا نہیں ہے۔ وہ مضمحل مضمحل سی ہے۔۔۔ اسے ابکائیاں سی آتی ہیں۔ تو جھٹ کسی لڑکی نے کرتا پیٹ پر سے اٹھا کر مجھ سے کہا، "اسے چومو اس میں تمہارا بچہ ہے۔"

مجھے راحت سے جدا ہونے کے بعد پہلی بار ایسا محسوس ہوا کہ مداری کی پٹاری میں چھپی ہوئی بے ضرر ناگن کچھ اس طرح لہرا کر میرے سامنے آئی ہے کہ مجھے ڈس لے گی۔

پتہ نہیں کس نے اس کو زہر لوٹا دیا تھا۔

میں نے اپنی بیوی کے گال چوم لیے۔ اس کا پیٹ نہ چوم سکا۔

تب میں نے اس ناگن کا سر کچل دینا چاہا۔ لیکن وہ بہت تیزی سے اپنی پٹاری میں جا چھپی۔ جب میں نے پہلی بار اپنے ننھے کو چوما تو اس ناگن نے لہرا کر پھر ایک بار سر نکالنے کی کوشش کی لیکن میں نے پٹاری کا منہ مضبوطی سے بند کر دیا۔

پھر آہستہ آہستہ یہ ناگن مر گئی اور میں بھول گیا کہ کوئی خالی خالی پٹاری میں نے اپنے دل میں چھپا رکھی ہے۔

آج بھرے میلے میں جب میں اپنی بیوی بچوں کے ساتھ گھوم رہا تھا تو کسی عورت نے مجھے سلام کیا۔ کچھ ہی دور پر وہ کسی دوکان پر کھڑی اپنے بچوں کو کھلونے دلا رہی تھی۔ میری بیوی کسی سہیلی سے جو اسے ابھی ابھی ملی تھی بڑی پیاری پیاری باتیں کرنے میں مگن تھی۔ آیا میرے بچوں کو پاس ہی کی ایک دکان سے کھلونے دلا رہی تھی۔ میں نے کن انکھیوں سے پھر اس عورت کی طرف دیکھا جو مجھی کو دیکھ رہی تھی۔ کسی اضطراب کا اظہار کیے بغیر خراماں خراماں جب میں اس کے قریب پہنچا تو کوئی مانوس سا چہرہ اپنی چھب دکھلا کر سامنے آتے آتے چھپ گیا۔ پھر کسی لڑکی نے اپنا دامن پھیلا کر آہستہ سے کہا اسے پکے پکے شہتوتوں سے بھر دو اور جب میں نے دامن بھر دیا تو اس نے سارے شہتوت میرے قدموں میں ڈال دیے اور اپنی سا کہ لمبی رات جیسی زلفوں سے میرے دونوں ہاتھ ملا کر زنجیر کر لیے "اوہ۔ !راحت"

وہ میرے پہچان لینے سے خوش ہو گئی۔

"لیکن رات تمہاری زلفیں۔۔۔" بے اختیار میری زبان سے نکلا۔

اس نے دھیرج سے کہا۔۔۔ "بے چاند کے کالی رات بھیانک لگتی تھی مجھے۔" وہ راحت ہیر آئیل کے لیبل کے اس بھرپور عورت سے بہت مشابہ ہوگئی تھی جس کو کبھی اس کی ماں راحت ہی کی تصویر کہا کرتی تھی اور آج اس کی وہی سیاہ زلفیں نہ رہی تھیں جو اس تصویر سے کبھی اس کی وجہ مشابہت تھیں۔

میں نے حال احوال پوچھا۔

اس نے کوئی شکایت نہیں کی۔

پاس کھڑے ہوئے سات آٹھ سالہ بچہ کی بانہہ پکڑ کر میرے مقابل کرتے ہوئے پوچھا۔۔۔ "اس کو پہچانتے ہیں آپ؟"

البم میں محفوظ اپنے بچپن کی تصویر آنکھوں میں پھر گئی جسے دیکھ کر میری بیوی نے کہا تھا اس وقت بھی آپ اتنے ہی شریر رہے ہوں گے جتنے آج ہیں۔

میں نے کوئی جواب نہیں دیا اور بس اس کو دیکھتا رہ گیا۔ راحت نے پھر پوچھا۔

"نہیں پہچانا آپ نے؟"

میں نے کہا، "یہ تو میں ہوں رات۔"

تو اس نے نظریں جھکالیں اور بچے کو چمٹا کر اس کے سر پر ہاتھ پھیرتے ہوئے کہا، "انھیں سلام کرو۔ ننھا سا سر خم ہوا۔ ننھا سا ہاتھ پیشانی تک اٹھا۔

اور میں نے جھک کر اس کی پیشانی چوم لی۔

میری بیوی اپنی سہیلی سے رخصت ہو کر میرے پاس آگئی تھی۔ میں نے راحت کا تعارف اس سے کرایا، "ابا کے زمانہ ملازمت میں یہ اور ہم ایک ہی ضلع پر تھے۔ امی میں اور ان کی والدہ میں بڑا بہناپا تھا۔"

دونوں جانب سے ہاتھ اٹھے۔

میری نظریں خود ہی اس ننھے پر اٹھتی رہیں۔

میری بیوی نے بھی جب اس کو دیکھا تو اس کی نظریں اسی کے چہرے پر جم کر مرکوز ہو کر رہ گئیں۔ اس نے بڑی مخصوص نظروں سے مجھ کو دیکھا۔ پھر بچے کو دیکھ کر قریب کرتے ہوئے کہنے لگی، "کتنا پیارا سا ہے۔"

میں نے اس کی باتوں سے بوکھلاتے ہوئے کہا، "چلو چلیں اب۔"

جب ہم جدا ہونے لگے تو میں نے راحت پر بس اچٹتی ہوئی نگاہ ڈال لی۔ اس سے نظریں چار نہ کر سکا اور نہ بچے ہی کو دیکھا۔

جب ہم آگے بڑے گئے تو میں نے کسی نہ کسی بہانے پلٹ کر بچے کو دیکھنے کی کوشش کی۔ وہ مجھے نظر نہ آیا۔ اور ایسے میں اگر وہ مجھے پیچھے سے پکار لیتا، "ابا" تو بھی کیا میں پل بھر کو اس کے لیے ٹھہر سکتا تھا؟

راحت کی آنکھیں لیکن میرے پیچھے پیچھے چل رہی تھیں۔

میری بیوی نے کہا، "وہ بچہ واقعی کتنا پیارا ہے۔ آپ کے بچپن کی وہ شریر سی تصویر ہے نا۔ ہو بہو اسی طرح۔"

"اچھا۔۔۔؟" میں نے حیرت کا اظہار کرتے ہوئے کہا، "میں نے غور نہیں کیا۔ تم نے وہیں بتایا ہوتا۔"

وہ ہنس پڑی۔ کہنے لگی، "بھلا ایسی بات میں وہاں کیسے کہہ سکتی تھی۔۔۔"

مجھے یوں لگا جیسے میری بیوی میرے دل میں چھپی ہوئی بند پٹاری کھول رہی ہے اور میں جھپٹ کر اس کا ہاتھ تھام رہا ہوں کہ اس میں ناگن ہے ڈس لے گی۔

لیکن پٹاری کھلی تو خالی تھی۔

اس میلے میں، اس چہل پہل میں، اس گہما گہمی میں کوئی بھی تو نہیں تھا جو میری خاموش پکار سنتا کہ میں خالی پٹاریوں کا مداری ہوں۔ کوئی ہے جو میرا تماشا دیکھے۔

* * *

پو پھٹنے تک

راملو کی چھوٹی سی کٹیا میں آٹھ زندگیاں سانس لیتی تھیں۔ اسی کٹیا میں انکیا کا بچپن جوانی سے جاملا تھا۔ اسی کٹیا میں ملیا کی میں بھیگی تھیں۔ اسی کٹیا میں پوچی نے شرمانا سیکھا تھا۔ اور پھر اسی کٹیا میں انکیا کی بیوی نے دو بچے بھی جنے تھے۔۔۔ اور اب یہی بچے دن دن بھر کٹیا کے باہر ننگ دھڑنگ کھیلا کرتے تھے۔ راملو نے اسی کٹیا میں خوشیاں دیکھیں، غم سہے۔

دن تو کسی نہ کسی طرح گزر ہی جاتا۔ رات کو راملو اپنی بوڑھی بیوی کے ساتھ ایک کونے میں پڑ رہتا۔ دوسرے کونے میں انکیا اور اس کی بیوی اپنے دونوں بچوں کے ساتھ چمٹے رہتے۔ تیسرے کونے میں ملیّا اور پوچی اپنے سر جوڑ لیتے۔ پیٹھ کے بھائی بہن ہونے کی وجہ سے ملیا اور پوچی میں بہت پیار تھا۔ چوتھے کونے میں جہاں چولہا تھا ایک دو مٹی کی ہانڈیاں پڑی رہتیں، جہاں آس پاس کے مریل کتے موقع پا کر پہنچ جاتے۔

راملو کے آٹھ افراد پر مشتمل خاندان کو اس کٹیا سے کوئی شکایت نہ تھی اور اگر شکایت تھی تو اس میں کٹیا کا کیا دوش تھا، دوش تھا تو راملو کا، اس کی بیوی کا جنہوں نے ایک نہیں دو نہیں آٹھ بچوں کو اسی کٹیا میں جنم دیا تھا۔ وہ تو اللہ کی کرنی ایسی ہوئی کہ ہیضہ پھوٹ پڑا تو ایک ہی سال میں راملو کے پانچ بچے اسی کٹیا میں مر گیے۔ تین بچ گیے تو راملو اور اس کی بیوی نے پیٹ کاٹ کاٹ کر ان کو پروان چڑھایا۔ انھیں اس قابل بنایا کہ اب وہ بھی اسی کٹیا میں بچے جَن سکیں۔ ہیضے کی وبا نہ پھوٹتی اور راملو کے پانچ بچے نہ مرتے تو

اسی کٹیا میں آج تیرہ زندگیاں سانس لیتیں یا سانس لینے کی خواہش میں سسکتی رہتیں۔ راملو کا دم گھٹ جاتا۔ وہ اپنی بیوی کو افیون کھلا کر اور خود کھا کر سو رہتا یا بوکھلا کر کسی گھنے درخت کے سائے میں پناہ لیتا یا نہیں معلوم اور کیا ہوتا۔ یہ بھی تو عین ممکن تھا کہ اتنے افراد اس کٹیا میں سانس لیتے تو ان کی سانوھس کی گرمی ہی سے اس کٹیا کو آگ لگ جاتی اور اگر آگ نہ لگتی تو چھپر اڑ جاتا۔ راملو کے بھگوان کی کرپا تھی جو اس کے پانچ بچے ہیضے کا شکار ہوگیے اور آج راملو اپنے خاندان کے سات افراد کے ساتھ اس کٹیا میں سانس لینے کے لیے زندہ رہ گیا۔

انکیاں کی بیوی آنے والی تھی، ساس سسر متفکر تھے کہ اس کٹیا میں کس طرح گزر بسر ہو گی۔ لیکن انکیا کی بیوی آئی تو وہ بھی نہ سوچ سکے کہ کس طرح گزر بسر کر رہی ہے اور اس نے دیکھتے ہی دیکھتے اسی کٹیا میں دو بچے جن دیے۔ اب راملو اور اس کی بیوی کے لیے بیٹے اور بہو کا کٹیا میں رہن سہن کوئی مسئلہ ہی نہ رہا۔ لیکن آج راملو اور اس کی بیوی زیادہ پریشان تھے۔ ملیا کی ننھی منی گھر والی پھوٹ پھاٹ کر اب جوان ہوگئی تھی۔ ملیا ان تبدیلیوں سے واقف تھا اس لیے وہ اپنی جروا کو جلد ہی اپنے ساتھ لے آنا چاہتا تھا۔

پوچی نے اپنی ماں سے کئی بار کہا بھی تھا کہ "ملیا راتوں کو سوتا نہیں بلکہ آگ پر لوٹتا رہتا ہے، میں اس کے بستر پر آگ کی چنگاریاں ڈھونڈھتی ہوں، نوک دار کانٹے تلاش کرتی ہوں لیکن کچھ بھی تو نہیں ملتا۔ یہ چنگاریاں، یہ کانٹے ملیا کے جسم میں اندر ہی کہیں چھپے ہوئے ہیں۔ تم رامی کو بلانے کے لئے کب جا رہی ہو ماں۔"

راملو کی بیوی ٹکر ٹکر بیٹی کو دیکھتی رہ جاتی۔ اس کو سنائی دیتا جیسے پوچی کہہ رہی ہے کہ ملیا کے ساتھ میں بھی تو آگ پر لوٹ رہی ہوں اور میرے بدن میں بھی سوئیاں ٹوٹ رہی ہیں۔ لیکن راملو کی بیوی کے لیے فی الوقت پوچی کی کوئی اہمیت نہ تھی۔ راملو کو گھر لے

آنا تھا تاکہ ملیا آگ پر نہ لوٹے۔ اور پھر ملیا نے ابھی اپنی برہمی دبا رکھی تھی۔ دو ایک بار بس یونہی کہہ دیا تھا کہ رامی کو اب لاتے ہی بنے گی۔

پچھلے روز جب وہ اس سے ملنے گیا تھا تو اس کی ساس اس کی بے اعتنائی کا شکوہ کر رہی تھی، بے رخی پر گالیاں دے رہی تھی۔ ملیا کی ماں جانتی تھی کہ ملیا اب زیادہ دیر تک انتظار نہیں کرے گا۔ کوئی بات ہوتی تو پہلے پہل پوچی کے ذریعہ کانوں میں ڈلوا دیتا۔ شنوائی نہ ہوتی تو پھر خود ہی آندھی اور طوفان بن کر گرجنے لگا کرتا اور اسی لیے راملو اور اس کی بیوی آنے والی آندھی سے سہمے ہوئے تھے۔ آج بھی راملو کی بیوی نے ٹکر ٹکر بیٹی کو دیکھا تو اس نے کہا،

"ماں پیپل تلے سو رہیں گے ہم۔"

راملو کی بیوی نے پلٹ کر یہ نہیں پوچھا کہ پیپل تلے کتنی راتیں کٹیں گی اور کس طرح کٹیں گی۔ وہ چپ چاپ راملو کے پاس چلی گئی جو کٹیا کی پچھلی باڑھ میں جگہ جگہ سے ہٹے ہوئے پورکوں کو ٹھیک سے جما رہا ہے۔ راملو نے اپنا کام جاری رکھتے ہوئے بے دلی سے اپنی بیوی سے کہا کہ پوچی کی ماں تو تو بالکل سٹھیا گئی ہے۔ بہو گھر کو آئے گی تو کیا ہم اپنی بیٹی کو بے آسرا کر دیں گے۔ پیپل تلے جوان بیٹی کو ساتھ لے کر کتنی راتیں باہر گزار سکیں گے اور پھر اب برسات بھی شروع ہونے والی ہے۔ لیکن پوچی کی ماں راملو کی ان باتوں سے مرعوب نہ ہوئی۔ وہ زیادہ تجربہ کار تھی۔ وہ سمجھتی تھی کہ کٹیا کے باہر رات گزارنی پڑے یا اندر، رامی کو بہر حال جتنا جلد ممکن ہو اپنے ساتھ لے آنا ہے، ورنہ ان کے پہل کرنے سے پہلے ہی رامی اس کٹیا میں آ براجے گی اور اس کے ہمراہ ملیا چھوٹی چھوٹی آندھیاں بھی لے آئے گا جو کٹیا کو ہلا دیں گی۔

رامی اپنے سسرال آگئی تھی۔ بارش کا موسم شروع ہو چکا تھا۔ تاڑ اور کھجور کے

پتوں کی فراہمی کے لیے راملو اور انکیا سر گرداں تھے۔ کٹیا کے اندر بچھے ہوئے بوسیدہ ٹاٹ اٹھا کر کٹیا کے چھپر پر اڑھا دیے گئے تھے کہ حتی المقدور ٹپکے سے محفوظ رہ سکیں۔ کٹیا کو وسیع کرنے یا ایک اور چھوٹی سی کٹیا بنا لینے کی حسرت راملو کے دل میں بہت دنوں سے تھی، لیکن بارش کا مقابلہ کرنے کے لئے وہ اپنی موجودہ کٹیا ہی پر کچھ خرچ کرنے کی گنجائش اپنے میں نہ پاتا تھا تو دوسری حسرتوں کا کیا ذکر۔

اپنے میکے سے آتے وقت رامی نے آدھی ہنڈی پرال کی گھاس ساتھ لے لی تھی جو پوری کٹیا میں بچھا دی گئی تھی تاکہ دیمک سے جہاں کپڑے اور بستر محفوظ ہو جائیں وہاں سیلی ہوئی زمین کی ٹھنڈک سے کٹیا میں رہنے والے خود کو بچا رکھیں۔ رامی کو اپنے سے زیادہ اپنی ساریوں کی چنتا تھی۔ پوچی اور انکیا کی بیوی کو اس قسم کی کوئی چنتا نہ تھی کیونکہ ان کے پاس جو ساریاں تھیں وہ ان کے بدن سے چمٹی ہوئی تھیں اور اس کے علاوہ ان کے پاس کوئی ایسی چیز نہ تھی جس کے سبب انہیں دیمک کا ڈر رہتا۔

رامی کی بات جدا تھی۔ میکے سے وہ اپنی سسرال کو نئی نویلی آئی تھی اور اسی لیے اس کے پاس تین ساریاں بھی تھیں۔ شام کے وقت وہ سیوتی اور گڈیل کے پھول اپنے جوڑے میں سجا کر، ساری بدل کر خود کو کٹیا کی رانی محسوس کرتی اور ٹھمک ٹھمک کر اٹھلا اٹھلا کر وہ اپنی بقیہ دونوں ساریوں اور چولیوں کو کٹیا کے ایک کونے سے دوسرے کونے میں لیے لیے پھرتی۔ اپنے ٹین کی صندوق کو سو سو جتن سے ادھر ادھر رکھتی پھرتی۔ جس میں اپنی ساریوں کے علاوہ اس نے ملیا کا یک آدھ نیم آستین کرتہ، ایک آدھ پھٹی ہوئی دھوتی، اپنا تیل اور کنگھا بھی چھپا رکھا تھا۔۔۔ پوچی کو رامی کے بناؤ سنگھار سے خوشی نہ ہوتی تو غم بھی نہ ہوتا۔ لیکن انکیا کی بیوی رامی کو بناؤ سنگھار کیے دیکھتی تو اپنے بچوں کو چھوٹے چھوٹے قصور پر بھی مار پیٹ کرتی۔ ویسے رامی سے کبھی نہ الجھتی۔

دن دن بھر تورا ملو اور اس کے دونوں لڑکوں کا وقت زیادہ تر باہر ہی گزرتا۔ اس کی بیوی بھی اپنی بڑی بہو کے ساتھ کچھ نہ کچھ محنت مزدوری کے لیے باہر چلی جاتی۔ کٹیا میں اکثر پوچی اور رامی ہی رہتیں۔ پہلے پہل تو انکیا کی بیوی کو اس پر کوئی اعتراض نہ تھا کہ رامی کیوں محنت مزدوری کے لئے باہر نہیں جاتی۔ لیکن جوں جوں دن بڑھتے گیے اس نے دبے دبے احتجاج کیا اور جوں جوں دن بڑھتے گیے، رامی پرانی ہوتی گئی۔ اسی کٹیا میں نئی نویلی ہونے کے ناطے جو مراعات اس کو حاصل تھیں وہ آہستہ آہستہ اس سے چھن گئیں۔

پھر گڈیل اور سیوتی کے پھولوں نے رامی کی زلفوں کی زینت بننے سے صرف اس لیے گریز کیا کہ رامی کے خوشبودار تیل کی شیشی خالی ہوچکی تھی، جس سے وہ اپنی زلفیں س سنوارتی اور گڈیل اور سیوتی کے پھول اپنے پودوں سے ٹوٹ کر اس کی زلفوں تک پہنچ کر مسکراتے۔

اب رامی کو اس بات کی بھی فرصت نہ تھی کہ وہ اپنے ٹین کے صندوق کو سو سو جتن سے ادھر ادھر کٹیا میں رکھتی پھرے، جس میں اس کی ساریاں محفوظ تھیں۔

رامی وہی تھی، کٹیا وہی تھی، سب کچھ وہی تھا۔ لیکن چھوٹی بہو کی حیثیت سے رامی نے اپنی ذمہ داریاں محسوس کرلی تھیں اور انکیا کی بیوی کے احتجاج پر برامانے بغیر اپنا بوجھ خود اٹھالینے کے لیے کٹیا سے باہر اپنا قدم نکال لیا تھا اور تیوری پر بل ڈالے بغیر عملی طور پر زندگی میں شامل ہوگئی تھی۔ شام ہوتے ہوتے سب کے سب تھکے ماندے اپنی کٹیا کو لوٹتے اور پھر رات ہوتے کٹیا میں گرم گرم سانویں کی حدت سے جیسے دھیمی دھیمی سی آگ سلگنے لگتی۔

ایک رات طوفانی بارش تھی۔ سیلی ہوئی زمین، بھیگی ہوئی کچی دیواروں اور چھپر کے

درمیان تیز تیز سانوں کی گرمی اور حدت بھی جیسے ٹھٹھر رہی تھی۔ بوسیدہ کمبلوں اور چیتھڑوں میں لپٹے ہوئے انسانی جسم ایک دوسرے میں اپنی حرارت منتقل کر کے سرد، ٹھنڈی اور یخ بستہ رات کو جھٹلانے کی ناکام کوشش میں اپنے گرم گرم جسم اور سانسوں کی حدت کے سہارے سیلی ہوئی زمین پر سکڑ رہے تھے اور رات آہستہ آہستہ بڑی گمبھیر ہوتی جارہی تھی۔

اور جب ڈھلے ہوئے صاف شفاف، نکھرے ستھرے سورج نے اپنی کرنیں، اپنی روشنی، اپنی حدت، اپنی تمازت دنیا بھر میں تقسیم کی تو بوڑھا راملو اور اس کی بیوی سسکیاں لے رہے تھے۔ کیونکہ بھائیں بھائیں کرتے ہوئے رات کے اندھیروں نے صبح ہوتے ہوتے کٹیا کی عزت اور آبرو کو چبا کر جیسے تھوک ڈالا تھا۔

انکیا رات ہی سے کہیں غائب تھا۔ جاتے وقت وہ بڑبڑا رہا تھا کہ ہم بے قصور ہیں۔ نردوش ہیں، لیکن اس زندگی سے موت بھلی ہے۔ ملیا کے مزاج کی تندی نے غصے اور نفرت کی آگ کٹیا بھر میں لگادی تھی۔ بھیگی ہوئی کٹیا سورج کی کرنوں میں اس طرح نہار ہی تھی جیسے اندھیرے اور اجالے سب اس کے لیے یکساں ہوں۔

لیکن کنواری پوچی کو معلوم ہو چکا تھا کہ رات کو اس کی بھابھیاں بدل گئی تھیں۔۔۔ وہ رات کو جن کے ساتھ سوئی تھیں وہ ان کے اپنے شوہر نہ تھے۔

***

ایک پھول، ایک تتلی

بنجر زمین پر پھوار پڑے یا موسلا دھار بارش ہو، جب کونپل ہی نہیں پھوٹے گی تو پھر کلی کا چٹکنا معدوم۔ رضیہ چچی بس ایسی ہی ایک بنجر سی زمین تھیں۔

سوکھی ساکھی دھرتی کی طرح چچا کے قدموں کے تلے بچھی رہتیں۔ کٹے ہوئے کھیت کے سوکھے ٹھنٹھ بھی ہوتے تو کوئی دیکھ سمجھ کر قدم رکھتا کہ مبادا اپنا پیر زخمی نہ ہو جائے یا پھر زندگی کی رسمساہٹ ہی رہے۔ ننھے ننھے ہرے ہرے پودے ہراول کی طرح سینہ تانے کھڑے ہوں تو پھر زندگی کو کچل دینا کوئی آسان کام نہیں ہوتا۔ اس لیے اٹھنے والے قدم خود ہی پیچھے ہٹ سکتے تھے۔ لیکن رضیہ چچی تو بس سوکھا ساکھا جنگل تھیں۔ چوب خشک صحرا تھیں۔ قافلہ آگ ہی لگا تا تھا نہ روانہ ہی ہوتا تھا۔ محرومیاں نیکی کا روپ دھار لیتی ہیں تو نیکیاں قابل رحم حد تک مجبوریوں کا پرتو معلوم ہوتی ہیں اور جب یہی محرومیاں گناہ بن کر چھاتی ہیں تو بیچاری نیکی کو سر چھپانے کو آسرا تک نہیں رہتا۔

رضیہ چچی کی محرومیاں بس نیکی بن کر رہ گئی تھیں۔ ایسی نیکی جو خود نیکی سے خوف کھائے اور خاندان سارا اس نیکی پر مرمٹا تھا۔ خدمت، خدمت۔۔۔ خدمت۔۔۔ اپنے سے چھوٹوں کی خدمت کر رہی ہیں، برابر والوں کی خدمت کر رہی ہیں، بزرگ تو بزرگ ہی ٹھہرے۔۔۔ نہ ستائش کی پروا نہ صلے کی طلب۔ نیکی تقسیم ہو رہی تھی۔ اب جس کے دامن میں جتنا گنجائش رہے سمیٹ لے۔ جس کی جھولی جتنی وسیع ہو بھرے اور چچا میاں نے سب سے زیادہ سمیٹا، سب سے زیادہ بھر لیا۔ رضیہ چچی کو چچا میاں کی جھولی بھر کر بڑی

خوشی بھی تو ہوتی تھی۔ بڑا آنند بھی تو ملتا تھا۔۔۔ لیکن بقدر ہمت ہر ایک نے رضیہ چچی سے کچھ نہ کچھ لیا اور وہ بھی کس طرح۔ خود انھیں کچھ دینے کے بہانے۔

اور رضیہ چچی دنیا بھر کا دکھ درد سینے میں چھپائے بس نیکی بنی رہیں۔۔۔ اور دنیا کے ٹھاٹھیں مارتے بیکراں سمندر کی موجوں پر بس ڈولتی رہیں۔ غرق ہونے کا ڈر نہیں پار اترنے کی فکر نہیں۔

"رضو چچی، دو روز ہمارے گھر چلئے نا۔ بس صبح سے شام تک کچھ نہ کچھ کیے جاتی ہیں، کبھی کبھی کوئی تبدیلی تو ہونی ہی چاہئے زندگی میں۔ اس طرح تو زندگی بجائے خود ایک "روز مرہ" بن جائے گی۔"

"اور پھر تمہارے چچا کو تکلیف ہو گی۔"

بس لاکھوں سوالوں کا ایک جواب رضو چچی کے پاس کانسے کی گولی کی طرح ڈھلا ڈھلایا تیار رہتا۔۔۔ وہ جس سمت میں چاہتیں کھٹ سے اس گولی کو لڑھکا دیتیں۔

"رضیہ۔۔۔ میری اچھی سی رضو بی۔۔۔ پانچویں کو مانجے ہیں، ساتویں کو مہندی، آٹھویں کو ساچق اور نویں کو جلوہ۔ دسویں کو چوتھی ہو گی۔۔۔ گیارہویں کو سورج کی کرنیں اپنے ہی گھر کی چہار دیواری میں اسی طرح محفوظ پاؤ گی جس طرح آج چھوڑ جاؤ گی۔۔۔ چلو بھی اب۔"

موماں کو یہ نویں کے جلوے کی کیا سوجھی بھلا۔

اماں بی کو یہ یاد ہی نہ رہا کہ وہ جو الٹی سیدھی تاریخیں بتلا رہی ہیں ان میں جلوہ نویں کو آدھمکے گا۔ شادی تھی بھی دور۔۔۔ وہ چلی تھیں رضیہ چچی کو جل دینے۔۔۔ کسی نہ کسی طرح انھیں بہر حال اپنے گھر لے آنا تھا۔۔۔ وہ آجاتیں تو جیسے سارے گھر کی آسائشیں آجاتیں۔ دلوں کو اطمینان اور سکون حاصل ہو جاتا۔۔۔ سینے خوشیوں سے منور ہو جاتے،

قلب گرما جاتے۔ چہرہ دیکھو تو ازل کی بیمار معلوم ہوں لیکن اس ڈھنگ سے اس ڈھب سے ہنسی کا نقاب سارے چہرے پر ڈال رکھتیں کہ اندر کے کرب تک کسی کی کیا مجال جو پہنچ جائے۔ تقریب میں جاتیں، دکھ بیماری میں جاتیں، جہاں اور جس وقت جاتیں، اس طرح جاتیں جیسے خوشی سب کی ہو تو سب کی نہ ہوئی بس انہیں کی ہوئی۔ غم سب کا ہو تو سب کا نہ ہوا بس انھیں کا ہوا۔ ایک دن آؤ بھگت ہوتی۔۔۔ پھر سب کے سب یہ بھول بھال جاتے کہ بڑے چاؤ اور لگن سے بڑی محبت اور پیار سے انہیں لے آئے تھے کہ کچھ خاطر کریں، کچھ مدارات ہو۔

لیکن رضیہ چچی نے دیر و حرم کی ساری نیکیاں پلو میں باندھ رکھی تھیں۔ اب وہ آہستہ سے پلو کی گرہ کھولتیں اور اجالے سے بکھر جاتے۔ یہ اجالے سارے کے سارے ان کی ذات کے لیے بالکل نہیں تھے۔ وہ تو بس آنکھ بند کیے موتیوں کی طرح نیکیاں بکھیرتی تھیں۔۔۔ اجالے کر دینے والوں نے انہیں صرف اندھیرے دیے۔ لیکن ان کے چہرے کی ہنسی نہ گئی۔ سو نہ گئی۔ مضمحل سے چہرے پر، دکھتی ہوئی ہڈیوں پر، جھکی ہوئی کمر پر انہوں نے کبھی غم کی پرچھائیں پڑنے نہ دی، نہ محنت پر تھکن محسوس کی، نہ خاندان بھر کا بوجھ اٹھالینے سے گریز کیا۔

صبح اٹھتیں، الٹی سیدھی پان کی گلوری منہ میں ٹھونس لیتیں۔ کمر اس طرح سیدھی کرتیں جیسے آنکھیں میچ کر طاقت کے انجکشن لگوا رہی ہوں اور کام میں جٹ جاتیں۔۔۔ پھر سارے گھر والے مہمان بن کر بیٹھ رہتے۔ رضیہ چچی میزبان بنیں، ہر ایک کا خیال رکھتی پھرتیں۔ "اجو نے کھانا نہیں کھایا، ابو نے چائے نہیں پی۔۔۔ میاں کے لیے پانی تو گرم کر دیا ہوتا بوا، وہ اب اٹھتے ہی ہوں گے۔ یہ ہانڈیاں آنگن میں اس طرح کیوں پھیلا رکھی ہیں۔۔۔ الگنی پر یہ ڈھیر سے کپڑے یوں نہیں رکھ چھوڑتے۔ لاؤ میں سمیٹ لوں۔"

"ماما جی سن رہی ہو۔۔۔" لیکن ماما جی کان میں تیل ڈالے بیٹھ رہتیں۔ اور رضیہ چچی خود ہی سودے سلف کا حساب جوڑنے میں ماتھا پچی کرتی رہتیں۔ بچے بالے تنگ کرتے سو الگ۔۔۔ مائیں اڑن گھائیاں بتاتیں اور یہ سب کو بنتی پھرتیں۔ سب سے پہلے جاگتیں اور سب کے بعد سوتیں۔۔۔ سانجھ بھئی اجالے بکھیرنا اور رات گیے اندھیرے سمیٹنا۔

منوں بھاری مشین کا ایک پرزہ بھی ڈھیلا ہو جاتا تو ساری مشین ٹھپ ہو کر رہ جاتی لیکن رضیہ چچی ایسی مشین تھیں کہ کل پرزے جھڑتے رہیں۔ چول چول ہل کر رہ جائے۔ انجر پنجر ڈھیلا ہو جائے لیکن کسی کو کچھ خبر ہی نہ ہوتی اور کام برابر چلتا رہتا۔ بے تیل کا چراغ تھیں، بے موم کی باتی، لیکن جلتیں بڑے دھڑلے سے بڑے ٹھسے سے۔

آدمی اگر اپنے آپے کو اس طرح تج دے تو شاید دیکھنے والوں کا احساس بے طرح مٹ جاتا ہے۔۔۔ رضیہ چچی کو سبھوں نے اپنا لیا تھا اور رضیہ چچی نے سبھوں کے کام کو اپنا لیا تھا۔ اس طرح یہ ایک دوسرے کو پیارے تھے۔۔۔ اب کون کس کو زیادہ پیارا ہوا۔ یہ آپ طے کیجئے۔

رضیہ چچی کو بنجر زمین کہنا زیادتی ہی نہیں ان کی توہین ہے۔ ایسی عورت جو خاندان بھر کے لیے صرف ابر رحمت نہیں، باران رحمت بھی ہو۔ ایسی عورت جس کے مزاج کے ٹھنڈے سائے نے اور مضمحل چہرے کی نرم دھوپ نے خاندان بھر کی کھیتی ہری کر دی اس کی کوکھ سے نمی نہ پھیلے تو کیا، کونپل نہ پھوٹے تو کیا۔ لیکن یہ دکھ درد خاندان بھر کا تو نہ تھا۔۔۔ رضیہ چچی کا اپنا دکھ تھا۔ رضیہ چچی کا اپنا درد۔۔۔ رضیہ چچی کی اپنی خوشی کبھی کسی نے دیکھی نہیں۔ رضیہ چچی کا اپنا دکھ درد کسی نے بانٹ نہیں لیا۔

اسی لیے تو انہیں بنجر زمین کہنے میں کوئی مضائقہ نہیں معلوم ہوتا۔۔۔ دو دو حمل ٹھہرے دونوں ہی ساقط ہو گیے۔۔۔ رضیہ چچی پھوٹ پھوٹ کر روئیں۔ بلک بلک کر

تڑپیں لیکن مولا کی مرضی میں کون دخیل ہو سکتا ہے بھلا۔

"پتہ نہیں میں کون گناہوں کا خمیازہ بھگت رہی ہوں۔"

کبھی رضیہ چچی نے ایسی بات کی بھی تو کچھ اس انداز سے کی جیسے اپنے گناہ انھیں معلوم ہیں۔ اور پھر انہوں نے کبھی ایسی بات کی ہی نہیں۔

کونپلیں ایک نہیں دو بار پھوٹی تھیں۔ ننھے ننھے پردوں کا روپ دھارنے سے پہلے سب کچھ خشک ہو گیا اور اس طرح ہوا کہ ساری دھرتی بنجر ہو کر رہ گئی۔

اب ان کی زندگی میں کوئی اجالے کی کرن تھی تو بس یہی کہ وہ خاندان بھر کی پیاری تھیں۔ چاہے جانے اور پسند کیے جانے کی خواہش آدمی کی فطرت ہے۔ پھر ایسے میں جب کہ اپنا کچھ بھی نہ رہے تو یہی دوسروں کی دی ہوئی محبتیں زندگی کے دکھ درد کو مسکرا کر سہن کرنے میں بڑی مدد کرتی ہیں اور اس طرح رضیہ چچی کی محرومیاں نیکی بن بیٹھی تھیں۔

چچا میاں تو ان کے رکھوالے تھے ہی، اس سے بھلا کس کو انکار ہو سکتا تھا۔ لیکن رضیہ چچی نے چچا میاں کو نہ صرف اپنی محبت دی، اپنا ایمان دیا، اپنی زندگی دی۔ معاوضے میں ان کی محبت تک نہیں مانگی۔ کچھ مانگا بھی تو وہ صرف چچا میاں کی خوشنودی تھی۔ اور بس۔ چچا میاں خوش ہو جاتے تو رضیہ چچی کے حصے میں جیسے سارے جہاں کی نعمتیں سمٹ آتیں۔۔۔ وہ کسی معمولی سی بات پر بھی برا مان جاتے تو جیتی، جاگتی زندگی ہی میں جیسے ان کی سانسیں ان سے الگ ہو جاتیں۔

اور پھر بڑی چچی کی ہٹ دھرمیوں کو رضیہ چچی نے ہمیشہ یہ جان کر سہہ لیا جیسے ہر حق بڑی چچی ہی کا حق ہو۔۔۔ ان کا اپنا تو جیسے کچھ تھا ہی نہیں اور اگر کچھ تھا بھی تو اس طرح کہ چچا میاں کی خوشی ان کا سب کچھ، بڑی چچی کی خوشی ان کا سب کچھ، یہاں تک کہ

بڑی چچی کے بطن سے چچامیاں کی جو اولاد تھی ان کی خوشی بھی ان کا سب کچھ تھی۔

بس رضیہ چچی کو یوں سمجھیے جیسے نیم کا بہت بڑا اور گھنا پیڑ ہوں۔

ننھی منی فاختائیں اس پیڑ کی شاخ پر آ بیٹھتیں تب بھی یہ پیڑ اپنے ٹھنڈے ٹھنڈے سایوں کی شانتی دے گا۔

موٹے تازے گدھ اس پیڑ کی شاخ پر آبیٹھیں تب بھی یہ پیڑ اپنے ٹھنڈے ٹھنڈے سایوں کی شانتی دے گا۔

نہ اچھوں کی توصیف، نہ بروں کی تخصیص۔

اب جب کسی کا سب ہی کچھ دوسروں کی خوشی ہو تو وہ خود سے رہ ہی کہاں جاتا ہے۔

اس لیے سچ پوچھئے تو اب رضیہ چچی خود سے کچھ تھیں ہی نہیں۔

ایک دن بڑی چچی کسی بات پر برہم تھیں۔ چچامیاں کے تیور بھی کچھ ٹھیک دکھائی نہ دیتے تھے۔۔۔ ٹھنڈی جنگ یکایک بموں کے دھماکوں میں بدل گئی تو رضیہ چچی امن کا پیام لے کر دونوں کے درمیان کود پڑیں۔ یہ ان کی زندگی کا پہلا اور آخری وقت تھا جو بڑی چچی اور چچامیاں کے پھیلائے ہوئے اندھیرے کو چھوٹا سا دیا لیے دور کرنے چلی تھیں۔ بڑی چچی کے پیچھے ایک دنیا تھی۔ بال بچے، ایمان، قانون سب ہی کچھ۔ مصالحت کرانے والا یہ تو نہیں دیکھتا کہ لڑتے ہوئے ہاتھوں کی قوت اس میں بھی ہے۔ وہ تو صرف اس سچائی کے بل بوتے پر آگے بڑھتا ہے جس کا نام محبت ہے، جس کا نام اجالا ہے، جس کا نام نیکی ہے۔

اور اگر کوئی اس محبت ہی کے منہ پر تھوک دے تو۔۔۔

اور اگر کوئی اس اجالے ہی کے منہ پر تھوک دے تو۔۔۔

اور اگر کوئی اس نیکی ہی کے منہ پر تھوک دے تو۔۔۔

اور بڑی چچی نے یہی کیا۔۔۔ کہنے لگیں۔۔۔ اپنے کو پہچانو رضیہ بی بی، نہ عقد، نہ نکاح، دعوے برابری کے ہیں۔۔۔ دو ہاتھی ٹکرائیں تو درمیان میں آنے والی چیونٹی، نہ دنیا کی رہے گی نہ دین کی۔۔۔ رضیہ چچی نے ادھر اُدھر آنکھیں گھما کر خاندان بھر کو اس طرح دیکھا جیسے کہہ رہی ہوں مجھے بلندیوں تک لے چلو، مجھے اوپر اٹھالو۔۔۔ دنیا تو میں نے اپنی محبت سے جیت لی ہے۔۔۔ میرا دین کہیں سے ڈھونڈ لاؤ۔۔۔ میں نے اپنے بچوں کو اس دنیا میں آنے سے قبل ہی اس لیے ختم کر دیا کہ انھیں بھی ان کا دین نہیں ملے گا۔ ان کا خدا نہیں ملے گا۔

اب رضیہ چچی کو کون سمجھائے کہ جس سے ساری خدائی محبت کرے وہ اس سے بہت بڑا ہوتا ہے، جس سے صرف خدا محبت کرتا ہے۔

اور رضیہ چچی ایسی کوئی بات سمجھیں گی بھی تو نہیں اس لئے وہ تو بھٹکی ہوئی سی ایک نیکی بن کر رہ گئی ہیں۔۔۔ ایک ایسا روپ بن کر رہ گئی ہیں جو اپنا حق بھیک کی طرح مانگتا ہے۔

ایک پھول۔۔۔ ایک تتلی

چھولو تو اپنی خوشبو دے دے

چھولو تو اپنا رنگ روپ تج دے

نہ کانٹا بن کر چبھنا آئے۔ نہ ڈنک بن کر نشتر لگانا۔

***

اقبال متین

مجتبیٰ حسین

ہم نہیں جانتے کہ آپ میں سے کتنوں کو اس بات کا علم ہے بھی یا نہیں کہ پچھلے ہفتہ دکن کے مایہ ناز افسانہ نگار اقبال متین کو اتر پردیش اردو اکیڈمی نے مولانا ابو الکلام آزاد سے منسوب اپنے سب سے بڑے قومی اعزاز (مالیتی پانچ لاکھ روپئے) سے نوازنے کا اعلان کیا ہے۔۔ ہمیں جب یہ اطلاع ملی تو ہماری خوشی کا کوئی ٹھکانہ نہ رہا اور ہم نے اقبال متین کو شخصی طور پر مبارکباد دینے سے پہلے ہی "سیاست" میں علی ظہیر اور بیگ احساس کے ساتھ مل کر اپنا تہنیتی بیان شائع کروادیا تاکہ دیگر ابنائے وطن بھی ہماری تہنیت سے متفق ہو کر اس خوشی میں شامل ہو جائیں۔۔ چنانچہ دوسرے ہی دن "سیاست" میں ہمارے تہنیتی بیان کے ہمراہ ہی لکھنو میں "سیاست" کے نمائندے کے حوالہ سے "اقبال متین حیدرآبادی کو مولانا آزاد ایوارڈ" کی سرخی کے ساتھ یہ اطلاع بھی شائع ہوگئی۔۔ اب جو ہم نے اقبال متین سے ربط پیدا کرنے کیلئے کوششوں کا آغاز کیا تو پتہ ہی نہ چلا کہ موصوف کہاں ہیں اور کس حال میں ہیں۔۔ تھک ہار کے ہم نے عثمانیہ یونیورسٹی کے سابق صدر شعبہ اردو اور ممتاز نقاد پروفیسر یوسف سرمست سے، جو اقبال متین کے چہیتے چچازاد بھائی بھی ہیں، فون پر بات کی تو معلوم ہوا کہ ان کی حالیہ معلومات کے مطابق وہ حیدرآباد میں ہی کہیں ہیں اور خیریت سے ہیں۔۔ ان کے بتائے ہوئے راستہ پر عمل کر

کے ہم نے دو دنوں تک انہیں ڈھونڈنے کی کوشش کی اور اس کوشش کے ناکام نتائج سے خود یوسف سرمست کو پل پل کی خبر دیتے رہے۔۔ یہاں تک کہ ہمارے پیہم اصرار سے مجبور ہو کر خود یوسف سرمست بھی انہیں ڈھونڈنے کی کوشش میں ہمارے ساتھ تن من سے شامل ہو گئے۔۔ آپ نے دیکھا ہو گا کہ نئی نسل کے بعض ناخلف نوجوان جب اپنے والدین سے کسی بات پر برگشتہ خاطر ہو جاتے ہیں تو کسی کو بتائے بغیر گھر چھوڑ کر چلے جاتے ہیں اور بعد میں ان کے والدین پریشان ہو کر اخبار میں اشتہار چھپواتے پھرتے ہیں "فرزند دلبند! تم کہاں ہو؟ تم کچھ بتائے بغیر ہی گھر چھوڑ کر چلے گئے۔۔ ہم سب بے حد پریشان ہیں۔۔ تمہاری والدہ نے کھانا پینا چھوڑ دیا ہے، صرف Pizza اور کوکا کولا پر جیسے تیسے گزارا کر رہی ہیں۔۔ تین دنوں سے گھر کا ٹی وی اور انٹرنیٹ بالکل بند ہے۔۔ تم ہماری پریشانی کا اندازہ لگا سکتے ہو۔۔ فوراً گھر واپس آ جاؤ۔۔ نور چشم تمہیں کچھ بھی نہیں کہا جائے گا"۔۔

تیسرے دن بھی جب اقبال متین ڈھونڈے نہ جا سکے تو ہم نے سوچا کہ کیوں نہ ہم بھی اخبار میں اشتہار دیں "میاں اقبال متین! تم کہاں ہو؟ اتر پردیش اردو اکیڈیمی نے جیسے ہی تمہیں مولانا آزاد ایوارڈ دینے کا اعلان کیا تم گھر چھوڑ کر چلے گئے۔۔ تم آخر کس سے ناراض ہو، مولانا آزاد سے؟ اتر پردیش اردو اکیڈیمی سے؟ یا سرے سے ایوارڈ سے ہی۔۔ مانا کہ تمہیں یہ ایوارڈ کسی جوڑ توڑ، ریشہ دوانی، ساز باز، سازش یا خوشامد کے بغیر حاصل ہوا ہے۔۔ ذرا دیکھو کہ ایسے ہی ایوارڈ جب دیگر ادیبوں کو ملتے ہیں تو کتنے خوش ہوتے ہیں اور دیدہ دلیری دیکھو کہ کس طرح اپنے سینہ کو پھُلا کر، گردن کو فخر سے اکڑا کر ایوارڈ دینے والے کی آنکھوں میں نہ صرف آنکھیں ڈال کر بلکہ آنکھ مار کر بھی بڑے کرو فر کے ساتھ ایسے ایوارڈ کو حاصل کرتے ہیں۔۔ بھیا تمہیں یہ اصلی ایوارڈ کسی کوشش کے

بغیر، ادب میں تمہارے اپنے بل بوتے پر ملا ہے۔۔ کسی کی عنایت سے نہیں۔۔ یہ منہ چھپانے کا نہیں بلکہ سرخروی کا موقع ہے۔۔ بہت عرصہ پہلے تم نے محبت کے جذبہ سے مغلوب ہو کر اپنے بعض احباب کے خاکے (بشمول ہمارے) "باتیں ہماریاں" اور "سوندھی مٹی کے بت" کے عنوان سے شائع کرائے تھے۔۔ اس وقت بھی ہم نے تم سے برملا کہا تھا کہ سوندھی مٹی کے بتوں میں صرف تم ہی سوندھی مٹی ہو اور تمہارے جو احباب ہیں وہ اصل میں چکنی مٹی کے چکنے گھڑے ہیں۔۔ تم ان کی کتنی ہی تعریف کرو وہ پگھل کر موم نہیں بننے والے۔۔ خدا کیلئے اپنے پتے پر واپس آ جاؤ۔۔ ہم تم سے کچھ نہیں کہیں گے، بلکہ پانچ لاکھ روپئے بھی دیں گے۔۔ تم ویسے ہی افسانے لکھتے رہو جیسے کہ اب تک لکھتے آئے ہو۔۔ تمہیں کوئی نہیں روکے گا۔۔ خوب یاد آیا تم نے بہت عرصہ پہلے اپنی ایک کتاب میں کرائے کے ان سارے گھروں کے پتے بھی درج کئے تھے، جہاں تم نے اپنی طویل عمر کے مہ و سال گزارے ہیں تاکہ لوگوں کو تمہاری خانہ بدوشی کا علم ہو سکے۔۔ غالباً چالیس مکان تھے، جس آدمی نے پیدائش سے لے کر آج تک ہر دو سال بعد کرایہ کے ایک نئے مکان میں زندگی گزاری ہو اس کی خانہ بدوشی کے بارے میں کسے شک ہو سکتا ہے۔۔ اس موقع پر مشفق خواجہ مرحوم کا ایک شعر یاد آ گیا۔۔ لو تم بھی سنو۔۔

بجھے ہوئے درودیوار دیکھنے والے
اسے بھی دیکھ جو اک عمریاں گزار گیا

تلاش گمشدہ کا مندرجہ بالا اشتہار ہم اخبار میں دینا ہی چاہتے تھے کہ بالآخر یوسف سرمست نے فون پر ہمیں یہ خوش خبری سنائی کہ بالآخر اقبال متین کا پتہ چل گیا ہے۔۔ ان کا قیام ایک عمارت کی چھٹی منزل پر ہے اور ان کا موبائیل فون ان کی اپنی غلطی سے

پہلی منزل کے کسی فلیٹ میں رہ گیا ہے۔۔ اب اس موبائیل فون کو اقبال متین کی بلندی تک پہچانے کا بندوبست کر دیا گیا ہے اور وہ کچھ ہی دیر میں خود تمہیں فون کریں گے، ان کے فون کا انتظار کرو۔۔ آدھے گھنٹہ بعد فون کی گھنٹی بجی تو اقبال متین کی آواز آئی "پیارے مجتبیٰ! مجھے اندازہ ہے کہ مجھے اس ایوارڈ کے ملنے کی تجھے کتنی خوشی ہوئی ہوگی۔۔ بلکہ میں خود تجھ سے مبارکباد قبول کرنے کیلئے بے حد بے چین ہوں پیارے!"یوں بھی ہم اقبال متین کو مبارکباد دینے کیلئے تین دنوں سے بھرے بیٹھے تھے۔۔ لہذا ان کی رسمی باتوں کو سنے بغیر ہی انہیں مبارکباد دینے کا جو سلسلہ شروع کیا تو تین چار منٹ تک مبارکباد دیتے ہی چلے گئے۔۔ پھر بھی سانس کے تسلسل کو برقرار رکھنے کی غرض سے لمحہ بھر کو جو رُکے تو اقبال متین کی آواز آئی "پیارے! کتنی عجیب بات ہے کہ ابھی چار پانچ منٹ پہلے علی گڑھ سے شہریار کا فون آیا تھا۔۔ اس نے مجھے مبارکباد دینے کیلئے جن جذبات، خیالات اور کلمات کا اظہار کیا، ہو بہو وہی خیالات، وہی کلمات، وہی فل اسٹاپ، وہی پیراگراف بلکہ کوما تک تمہارے اظہار خیال میں بھی شامل نظر آ رہے ہیں"۔۔ ہم نے کہا "متین بھائی! شہریار، ہمارا پرانا یار ہے اور جذبوں، خیالوں اور فل اسٹاپوں کی اسی یگانگت پر تو ہماری دوستی کا محل کھڑا ہوا ہے۔۔ یہ الگ بات ہے کہ جب آپ کا فون آیا تو میں اتفاق سے آپ کے بارے میں شہریار کی ایک پرانی تحریر پڑھ رہا تھا۔۔ میں نے سوچا کہ آپ کو مبارکباد دینے کیلئے اپنی تخلیقی صلاحیتوں کو کیوں ضائع کروں، شہریار کی تحریر ہی کیوں نہ پڑھ دوں۔۔ حسابِ دوستاں در دل است، والی بات ہے"۔۔ یہ سنتے ہی اقبال متین نے (جن کی آواز میں بھی اب رعشہ آگیا ہے) زوردار قہقہہ لگایا۔۔ بولے "پیارے! تیری ایسی ہی شریر اور منچلی باتوں کی وجہ سے ہم جیسوں کو جینے کا حوصلہ ملتا ہے۔"ہم نے ان کی بات کو کاٹ کر کہا "متین بھائی آپ میری منچلی باتوں کو سن کر پچاسی برس کے ہو گئے اور

میں آپ کے افسانے پڑھتے پڑھتے کچھ عرصہ بعد پچھتر برس کا ہو جاؤں گا۔۔ مانا کہ ہم دونوں ایک دوسرے کی باتوں کی وجہ سے اپنی عمروں میں اضافہ کرتے چلے جارہے ہیں لیکن ذرا سوچئے کہ آج کے دور میں جینا کتنا مہنگا ہو گیا ہے۔۔ یوں بھی زندگی جینا اور زندگی کرنا دو الگ الگ باتیں ہیں۔۔ برا نہ مانئے کم از کم میں تو اپنی حد تک یہی سمجھتا ہوں کہ ماضی میں ہمارے بزرگوں کو جو بزرگی ملا کرتی تھی وہ ہمیں اب تک نہ مل سکی۔۔ یہ تو ہمارے بزرگوں کی بڑائی تھی کہ چپ چاپ مرتے چلے گئے۔۔ اگر وہ نہ مرتے اور علم طب نے ترقی نہ کی ہوتی تو ہمیں بزرگی کہاں سے ملتی۔۔ ہماری بزرگی میں "آمد" اور ہمارے بزرگوں کی بزرگی میں "آورد" دکھائی دیتی ہے۔۔ پرانے زمانے کے بزرگ بڑی مشقت اور محنت سے بزرگی کو حاصل کرتے تھے جبکہ ہم جیسوں کو یہ بزرگی بس یوں ہی مل جاتی ہے۔۔ ذرا سوچئے اب آپ کو پچاسی برس کی عمر میں پانچ لاکھ روپے مل رہے ہیں۔۔ کیا کریں گے، آپ اب ان پانچ لاکھ روپیوں کو لے کر؟ ذرا بتایئے اس ایوارڈ کو پانے کیلئے آپ جیسے حساس فنکار کو کن آزمائشوں سے گزر کر پچاسی برس تک جینا پڑا۔۔ اس کے پل پل کا ہرجانہ کون ادا کرے گا۔۔ کبھی کبھی زندگی کچھ اس طرح کرم فرماتی ہے کہ لگتا ہے ستم فرمارہی ہے۔۔ اقبال متین ہماری باتوں کو سن کر ہنستے ہی رہ گئے۔۔ انعام کے ملنے سے پہلے بھی یہی کرتے تھے اور اب انعام کے ملنے کے بعد بھی وہی کر رہے ہیں۔۔

اقبال متین کو انعام ملے ہوئے پورے سات دن بیت گئے۔۔ ہم نے سوچا تھا کہ ہمارے تہنیتی بیان کے بعد اہل قلم حضرات کے تہنیتی بیانات اور پیامات کی جھڑی سی لگ جائے گی مگر ہمیں یوں لگا جیسے اس اطلاع کو پا کر حیدرآباد کے اردو معاشرے پر سکتہ طاری ہو گیا ہے یا اسے سانپ سونگھ گیا ہے۔۔ اس گہرے سناٹے کی ایک وجہ ہمیں تو یہ

نظر آتی ہے کہ بے شک اتر پردیش اردو اکیڈیمی نے اقبال متین کو یہ ایوارڈ دیا ہے لیکن لوگوں کو اس ایوارڈ کے پیچھے وہ بدنام اور رسوائے زمانہ ہاتھ نظر نہیں آرہے ہیں جو عموماً ایسے ایوارڈوں کو دیتے وقت دکھائی دیتے ہیں۔۔ انعام لینے والا ہاتھ تو دکھائی دے رہا ہے لیکن دینے والے ہاتھ دکھائی نہیں دے رہے ہیں۔۔ ہمیں اس وقت فلم "شعلے" کا وہ مشہور سین یاد آرہا ہے جس میں امجد خان، رسیوں میں جکڑے ہوئے سنجیو کمار کے ہاتھوں کی طرف دیکھ کر کہتا ہے "ٹھاکر! اپنے یہ ہاتھ مجھے دے دے۔۔ بہت دم ہے ان ہاتھوں میں"۔۔ اور اس کے بعد سنجیو کمار کے ہاتھ قلم ہو جاتے ہیں۔۔ ہمیں تو یوں لگ رہا ہے جیسے اقبال متین نے خود اپنے ہاتھوں سے اتر پردیش اردو اکیڈیمی کے اس ایوارڈ کو زبردستی چھینتے ہوئے کہا ہو گا۔۔ "اری او اکیڈیمی! یہ ایوارڈ مجھے دے دے۔۔ بہت رقم ہے اس ایوارڈ میں اور اس سے کہیں زیادہ دم ہے میرے قلم میں"۔۔ چاہے کچھ بھی ہو ہم ان گمنام مگر منصف مزاج، دیانت دار، مخلص اور بے لوث ہاتھوں کو سلام کرتے ہیں جنھوں نے یہ ایوارڈ اقبال متین کو دیا ہے۔۔

پچاس کی دہائی کے آخری برسوں میں جب حیدرآباد کا اردو معاشرہ اپنے نقطہ عروج کو پہنچ چکا تھا اور ہم اپنے عہد شباب میں قدم رکھنے ہی والے تھے کہ ان ہی دنوں ہماری ملاقات نہ صرف اقبال متین سے ہوئی بلکہ ان کی دو کہانیاں "اجلی پرچھائیاں" اور "گریو یارڈ" بھی ہم نے پڑھ لی تھیں۔۔ ایسا نہیں ہے کہ اگر ہم اقبال متین کی کہانیاں نہ پڑھتے تو عہد شباب میں داخل ہی نہ ہوتے۔۔ جوش ملیح آبادی نے کہا تھا۔۔

مہترانی ہو کہ رانی مسکرائے گی ضرور
جس پہ آئی ہو جوانی گنگنائے گی ضرور

بے شک ہم عہد شباب میں ضرور قدم رکھتے لیکن اس احتیاط سے قدم رکھتے ہوئے

خدشہ تھا کہ کہیں صحیح قدم نہ اُٹھ جائے۔۔ اقبال متین سے ہمارے پچاس پچپن برس کے مراسم ہیں۔۔ کیا یاد کریں اور کیا بھول جائیں۔۔ سلیمان اریب کے گھر اور "صبا" کے دفتر کی محفلیں خود اقبال متین کے چراغ علی گلی والے مکان کی بیٹھکیں، اورینٹ ہوٹل، ویکاجی، چائینیز اور جان کمپنی کی محفل آرائیاں۔۔ عزیز آرٹسٹ اور عبد القدوس ایڈوکیٹ کی میزبانیاں۔۔ سینکڑوں واقعات، ہزاروں باتیں۔۔ محبوب اور مہربان چہروں کا ایک ہجوم بیکراں ہے جو بگولے کی طرح ذہن میں ایک خواب کی طرح رواں دواں ہے۔۔ حالانکہ گزرے ہوئے کل میں یہی خواب ایک حقیقت تھا۔۔

ادب سے اقبال متین کے سروکار کا اس سے بڑا ثبوت اور کیا ہوگا کہ اقبال متین نے اپنے افسانوں کے پہلے مجموعے کی اشاعت کیلئے اپنا گھر بیچ دیا تھا۔۔ بعد میں انہوں نے کرائے کے لاتعداد مکانوں میں زندگی ضرور گزاری لیکن کبھی افسانے کرائے کے نہیں لکھے۔۔ خالص اپنے اور ذاتی لکھے۔۔ یہی ان کی شناخت ہے۔۔ لفظ ان کے مخصوص اسلوب میں ایک نئے انداز سے ابل ابل پڑتے ہیں اور معنی کی دھیمی دھیمی آنچ پڑھنے والے کو موم میں تبدیل کرتی چلی جاتی ہے۔۔ ایک انوکھا اور اچھوتا درد، جس کی کسک ذاتی بھی ہے اور آفاقی بھی، ان کے افسانوں کو منفرد مرتبہ عطا کرتی ہے۔۔ اقبال متین کی پچاسی برس کی طویل العمری کا راز یہی ہے کہ انہوں نے جوانی اور پیری کے مرحلوں سے گزرنے کے دوران اپنے اندر بیٹھے ہوئے اس طفلِ فن کو کبھی مرنے نہیں دیا جو آج بھی دنیا کو حیرت کے ساتھ دیکھنے کا حوصلہ رکھتا ہے۔۔ دوسری طرف اقبال متین نے اپنے اندر بیٹھے ہوئے اس لڑکے کو کبھی وہ موقع بھی عطا نہیں کیا جو اختر الایمان کے اندر بیٹھے ہوئے لڑکے کو کبھی عطا ہوا تھا جس کے نتیجہ میں اختر الایمان کو بالآخر کہنا پڑا تھا۔۔

"یہ لڑکا پوچھتا ہے اختر الایمان تم ہی ہو"؟

خدا کرے اقبال متین کی یہ مخلصانہ معصومیت اور قلندرانہ فنکاری سدا برقرار رہے۔۔ ارض دکن کے اس بے مثال البیلے افسانہ نگار کو پھر سے ہمارا اسلام ہے۔۔

(۲۰ دسمبر ۲۰۰۹ء)

***

عہد ساز افسانہ نگار اقبال متین

ڈاکٹر عزیز سہیل

رات خواب میں ہم نے اپنی موت دیکھی تھی
اتنے رونے والوں میں تم نظر نہیں آئے
(اقبال متین)

جناب اقبال متین ۵ مئی ۲۰۱۵ء کی صبح ۹ بجے اس دارفانی سے رخصت کر گئے۔ اقبال متین اردو ادب کا ایک بڑا نام تھا، وہ ہندوپاک کے ممتاز افسانہ نگار تھے جنھوں نے اپنے فن کی بدولت نام کمایا تھا۔ دراصل ان کا انتقال اردو والوں کے لئے ایک بڑا نقصان ہے شائد کے پھر کوئی اردو کا ایسا جیلہ پیدا ہو یا نہ ہو۔

اقبال متین اردو ادب کے ایک نامور افسانہ نگار، شاعر، خاکہ نگار اور ناول نگار ہیں ان کا شمار اردو کے صف اول کے افسانہ نگاروں میں ہوتا تھا وہ اردو افسانہ نگاری میں ایک منفرد اور امتیازی مقام رکھتے ہیں۔ اقبال متین کی شخصیت نے نہ صرف ہندوستان، پاکستان بلکہ عالمی سطح پر اپنی شہرت کے جھنڈے گاڑے ہیں۔ انہوں نے اپنے افسانوں کے ذریعہ تاریخ کے انمٹ نقوش چھوڑے ہیں جو ہمارے اردو ادب کے سرمایہ میں اضافہ کا باعث ہیں جن کی تحریروں کے مطالعہ سے زندگی کی حقیقتوں کی وضاحت ہوتی ہے اور ساتھ ہی زندگی کے اتار چڑھاؤ سے قاری کو واقفیت حاصل ہوتی ہے۔

اصل نام سید مسیح الدین(اقبال متین)۲/ فروری ۱۹۲۹ء کو حیدرآباد میں پیدا ہوئے۔ والد کا نام سید عبدالقادر ناصر اور والدہ کا نام سیدہ آصفیہ بیگم تھا۔ انہوں نے انٹرمیڈیٹ تک کی تعلیم حاصل کی۔ اقبال متین کو بچپن سے ہی ادبی ماحول میسر آیا۔ اقبال متین کے ادبی سفر کا آغاز شاعری سے ہوتا ہے لیکن انہوں نے شاعر سے زیادہ افسانہ نگار کی حیثیت سے مقبولیت کی منزلیں طئے کی ہیں لیکن ان کی شخصیت صرف افسانوں کے حد تک محدود نہیں رہی بلکہ شعر و شاعری میں بھی ان کو کمال حاصل تھا۔
اقبال متین کی پہلی نظم "کب تلک "۱۹۴۲ء ماہنامہ سب رس حیدرآباد میں شائع ہوئی تھی ایک اور نظم "کیوں" جو کہ جون ۱۹۴۲ء میں ماہنامہ "ارم" میں شائع ہوئی۔ ۱۹۴۲ء میں ایک نظم "تین پیکر" ماہنامہ سب رس حیدرآباد میں شائع ہوئی۔ بہر حال اقبال متین پہلے شاعر ہیں بعد میں افسانہ نگار۔ ان کی پہلی کہانی "چوڑیاں" جو "ادب لطیف" لاہور میں جون ۱۹۴۵ء کو شائع ہوئی۔ رسالہ "ادب لطیف" لاہور کے مدیر احمد ندیم قاسمی تھے جو اردو افسانے کے صف اول کے لکھنے والوں میں امتیازی خصوصیت رکھتے تھے اور یہ رسالہ بھی اس دور کے اہم رسالوں میں اپنی منفرد پہچان بنائے ہوئے تھا۔ گویا کہ اقبال متین کی کہانی کا اس رسالہ میں شائع ہونا ان کے لئے تو ایک اعزاز سے کم نہ تھا اور ساتھ ہی ان کے مستقبل کے لئے ایک سند بھی حاصل ہوگئی تھی۔"ادب لطیف" کے بعد ان کی کہانیاں "ادبی دنیا" "نیا دور" اور "افکار" میں شائع ہونے لگی تھیں۔

اقبال متین کا شمار بھی اردو کے ابتدائی افسانہ نگاروں میں ہوتا ہے وہ ایک لمبے عرصہ سے اردو افسانہ نگاری کے ذریعہ اردو ادب کے فروغ میں اپنا نمایاں رول ادا کر رہے تھے۔ اقبال متین نے اپنے افسانوں کے اسلوب کی انفرادیت اور رومانی انداز کے ذریعہ اپنی منفرد پہچان بنائی ہے ان کے افسانوں کا انداز خود نوشت کا سا ہے۔

مخدوم محی الدین اقبال متین کی افسانہ نگاری کی خصوصیت کو بیان کرتے ہوئے رقمطراز ہیں:

"اقبال متین اپنے گردوپیش کی زندگی سے واقعات اور کردار چنتا ہے۔ قدرت بیان اور تیز قوت مشاہدہ کی مدد سے ان میں ایسا رنگ بھرتا ہے کہ معمولی واقعات اور کردار غیر معمولی دلکش بن جاتے ہیں۔'اجنبی'،'ملبہ'،'گریویارڈ'،'گرتی دیواریں'،'بیمار'اور دام ہر موج اس کی بے شمار کامیاب اور مشہور کہانیوں میں سے چند ایسی کہانیاں ہیں جن میں زندگی کے حسن اور اس کی ڈھکی چھپی قباحتوں اور فرد، سماج کی کشمکش کی نقاشی اور پردہ کشائی بڑی چابک دستی سے کی گئی ہے۔ اس کی کہانیاں سماجی ناانصافیوں سے نفرت، ہمدردی اور زندگی سے پیار کرنا سکھاتی ہے۔"[۱]

زندگی کے گہرے مشاہدے اور انسانی فطرت نفسیات کے عمیق مطالعہ نے ان کے افسانوں میں پختگی اور گہرائی پیدا کر دی ہے۔ اقبال متین پچھلے ۵ دہوں سے زائد عرصہ سے افسانے لکھ رہے تھے۔ ان کے افسانوں میں زندگی کے تجربات کا نچوڑ ہمیں نظر آتا ہے اور ساتھ ہی افسانوں کا اسلوب بہت ہی سہل اور اثر انداز ہوتا ہے اب تک ان کے ۷ سے زائد افسانوں کے مجموعہ شائع ہو کر مقبولیت حاصل کر چکے ہیں جن میں اجلی پرچھائی ۱۹۶۰ئ، نچا ہوا البم ۱۹۷۳ئ، خالی پٹاریوں کا مداری ۱۹۷۷ء، آگہی کے ویرانے ۱۹۸۰ئ، مزبلہ ۱۹۸۹ء، میں بھی فسانہ تم بھی کہانی ۱۹۹۳ء، شہر آشوب ۲۰۰۳ء قابل ذکر ہیں۔

اقبال متین کے تمام افسانوں کو بہت زیادہ مقبولیت اور پذیرائی حاصل ہوئی ہے۔ "اقبال متین کے افسانے" کے عنوان سے انہوں نے اپنے (۷) افسانوی مجموعوں سے ۶۲ افسانوں کو منتخب کر کے ایک کتابی شکل دی ہے جو سنہ ۲۰۰۹ء میں شائع ہو کر منظر عام

پر آچکی ہے۔ اقبال متین کے فن پر ہندوستان اور پاکستان کے معتبر رسالوں نے اپنے خصوصی گوشے شائع کئے ہیں جن میں قابل ذکر "ماہنامہ صبا حیدرآباد ۱۹۵۸ء"، ماہنامہ سب رس حیدرآباد ۱۹۹۰ئ، ماہنامہ سب رس حیدرآباد ۱۹۹۵ء، ماہنامہ قومی محاذ اورنگ آباد اکتوبر ۲۰۰۴ء، ماہنامہ حیات دہلی اپریل ۲۰۰۶ء اور سہ ماہی بادبان کراچی ۲۰۱۰ء قومی زبان حیدرآباد، اکٹوبر ۲۰۱۲ء اور ماہنامہ تمہید نظام آباد، جنوری ۲۰۱۳ قابل ذکر ہیں۔

ان افسانوں کے مجموعوں اور مختلف رسالوں کی خصوصی اشاعتیں اقبال متین کے فنکارانہ صلاحیتوں کا اظہار ہے۔

اقبال متین کے نظریہ سے متعلق سلیمان اریب لکھتے ہیں:

"اقبال متین فکر کے لحاظ سے رومانی اور عقیدے کے لحاظ سے ترقی پسند ہے لیکن وہ ادب میں کسی ازم کا قائل نہیں۔ اس کا خیال ہے کہ ادب کو پہلے ادب ہونا چاہئے پھر سب کچھ اور جو اچھا ادب ہوگا وہ کسی رنگ کا ہوتے ہوئے بھی سب کے لئے قابل قبول ہوگا۔ اس میں دردمندی بھی ہوگی اور انسان دوستی بھی اور اس میں غم ذات سے لے کر غم کائنات تک ہر غم کیلئے گنجائش ہوگی۔ اگر ادب کی متذکرہ بالا تعریف کی تائید میں اقبال متین کی کوئی کہانی پیش کی جائے تو آپ کو اس میں اچھے ادب کی بہت سی خوبیاں مل جائیں گی۔[۲]

اقبال متین کی کہانیاں اور افسانے اپنے مواد، فن اور تکنیک و انداز بیان کے اعتبار سے اردو افسانوی ادب کا قیمتی سرمایہ ہے۔

اقبال متین کا شعری مجموعہ "صریر جاں" ۲۰۰۶ء میں شائع ہو کر منظر عام پر آچکا ہے۔ اقبال متین نے افسانے، شاعری کے علاوہ ناول، خاکے، مضامین بھی لکھے ہیں۔ ان

کا ناول "چراغ تہہ داماں ۱۹۷۶ئ"، "سوندھی مٹی کے بت ۱۹۹۵ئ"(خاکے)، "باتیں ہماریاں" ۲۰۰۵ء (یادیں)، "اعتراف وانحراف ۲۰۰۶ئ" (مضامین)، "اجالے جھروکے میں ۲۰۰۸ء" (مضامین) شائع ہو کر مقبول عام ہو چکے ہیں۔

اردو میں کسی معروف شاعر یا ادیب پر لکھی گئی تنقیدی کتابوں کو یکجا کر کے کتابی شکل دینے کی راویت بھی اب عام ہونے لگی ہے۔ ایسی ہی ایک کوشش اتر پردیش سے طارق سعید نے کی ہے اور انہوں نے "چراغِ تہہِ داماں۔ تفہیم و تعبیر" کے نام سے ایک کتاب مرتب کی ہے۔ جس میں بر صغیر کے نامور افسانہ نگار اقبال متین کے ایک شاہکار ناولٹ "چراغ تہہ داماں" پر اردو ناول کے اہم نقادوں اور اردو ادب کے نامور ناقدین کے تنقیدی مضامین شامل کیا ہے۔ ان مضامین کے مطالعے سے قاری کو اقبال متین کے اس متنازعہ سمجھے جانے والے ناولٹ پر اردو تنقید کے مختلف اسالیب کی روشنی میں سمجھنے میں مدد ملتی ہے۔ اقبال متین اردو کے صف اول کے افسانہ نگار کے طور پر ادب کی دنیا میں جانے جاتے ہیں۔ لیکن وہ ایک اچھے شاعر، خاکہ نگار اور ناول نگار بھی ہیں۔ اور وہ پچھلی نصف صدی سے زائد عرصہ سے اردو ادب کی خدمت کر رہے ہیں۔ ناول کے فن کے ٹھہراؤ کے زمانے میں انہوں نے "چراغِ تہہِ داماں" جیسا ناول لکھا جو ۱۹۷۶ء میں شائع ہوا۔ اور اردو کے ادبی حلقوں میں اپنے منفرد اور متنازعہ موضوع کے سبب مشہور ہو گیا۔

اقبال متین کا ادبی سفر نصف صدی سے زائد عرصہ پر مشتمل تھا انہوں نے اس لمبے عرصہ میں اپنے افسانوں اور شاعری کے ذریعہ اردو ادب خاص کر ہند و پاک میں بہت مقبول ہونے والی شخصیت کا اعزاز حاصل کیا۔ اقبال متین کے فن پر مختلف اداروں کی جانب سے انہیں ان کی ادبی خدمات پر مختلف ایوارڈس و سند عطا کئے گئے جن میں مولانا ابوالکلام آزاد ایوارڈ، ۲۰۰۹ء اتر پردیش اردو اکیڈیمی، مخدوم محی الدین ایوارڈ، ۲۰۰۳ء

آندھرا پردیش اردو اکیڈیمی، غالب ایوارڈ (برائے اردو نثر) ۲۰۱۰ء غالب انسٹی ٹیوٹ نئی دہلی، سنگت شکاگو ایوارڈ، ۲۰۰۵ء حلقہ ارباب ذوق شکاگو، بسٹ اردو اسکالر ایوارڈ، ۲۰۰۰ء پٹی سری راملو تلگو یونیورسٹی، اعترافِ ادبی خدمات ایوارڈ، ۱۹۹۳ء آندھرا پردیش اردو اکیڈیمی شامل ہیں۔

ہم ایک عظیم افسانہ نگار 'ناول نگار' ادیب و شاعر اور ان سب سے بڑھ کر ایک عظیم شخصیت سے محروم ہو گئے۔

انّا للہ وانّا الیہ راجعون۔ اللہ ان کی مغفرت فرمائے اور لواحقین کو صبر جمیل عطا فرمائے۔

میں بھی جہاں سے اس طرح اٹھ جاؤں گا متین
جس طرح ترک رکھ کے اٹھا ہوں کتاب میں

***

اقبال متین۔ اردو کے معروف افسانہ نگار۔۔۔

نورالحسنین

اردو افسانہ نگاروں کی وہ نسل جو جوگیندر پال، رام لال، سریندر پرکاش، اقبال متین، رتن سنگھ، اقبال مجید، جیلانی بانو وغیرہ پر مشتمل ہے۔ان میں اقبال متین کی شناخت قدرے مختلف ہے۔

کیونکہ ان کے افسانے نہ تو محض داخلیت کی بھول بھلیوں میں گردش کرتے ہیں،اور نہ ہی تجربات کی بھٹی میں جھلس کر قاری سے اس کی قابلیت کا امتحان لیتے ہیں۔البتہ ان کے افسانے نہاں خانہ دل کے تاروں کو چھیڑتے ہیں۔روح کی گہرائیوں سے سوال کرتے ہیں۔ عصری آگہی کے ویرانوں میں اس پہاڑ کی مانند جل اٹھتے ہیں، جس کا دھواں تو نظر نہیں آتا لیکن روشنی کی ایک لکیر بن کر احساسات کو خیرہ کر دیتے ہیں۔ان کے کرداروں سے ملکر اجنبیت کا احساس نہیں ہوتا۔بلکہ وہ اپنے اطراف و اکناف میں سانس لیتے ہوے دکھائی دیتے ہیں۔ان میں متمول افراد بھی ہیں، درمیانی طبقہ بھی ہے، لٹے پٹے نواب، جاگیردار اور زمیندار بھی ہیں اور وہ افراد بھی ہیں جو بظاہر ہماری زندگیوں میں شامل ہوتے ہوئے بھی ہماری فکر کا حصہ نہیں بنتے ، موضوعاتی سطح پر اگر ان کے افسانوں کا تجزیہ کیا جائے تو ان کے افسانوں کا محور بلکہ بنیادی محور "محبت" ٹھہرتا ہے۔

محبت کے اس سفر میں ان کے ساتھ ایک کارواں ہے، جس میں رشتے اپنے تقدس کے ساتھ، مسائل تمام تر حشر سامانیوں سے لدے اور حالات اپنی پیچیدگیوں کے ساتھ موجود ہیں۔

اقبال متین سے میری ملاقات اس وقت ہوئی جب میں ہائی اسکول کا طالب علم تھا۔ ان دنوں مجھے ادب کے مطالعے کا چسکہ لگ چکا تھا، گو فہم نے ابھی بال و پر نہیں نکالے تھے لیکن میں سمجھتا تھا کہ میں اپنے ہم عمروں میں بہت زیادہ ذی فہم ہوں، میری یہ پہلی ملاقات راست نہیں بلکہ میرے ہاتھ رسالہ "شاہکار"

لگ گیا تھا اور میں نے ان کا ناول "چراغ تہہ داماں" پڑھ لیا تھا۔ یقیناً اس وقت وہ ناول میرے سر پر سے گزر گیا تھا، لیکن کوشلیا کا کردار مجھے زندگی سے قریب کر گیا۔ میں اپنے آپ کو گھر کا ایک ذمہ دار فرد تصور کرنے لگا تھا اور خاندان کی وہ نظریں جو میری لا ابالی فطرت کے سبب مجھ سے سوالات کرتی تھیں ان نظروں سے سامنا کرنے کی مجھ میں ہمت پیدا ہوگئی۔ اب سب میرے تھے۔ میری زندگی کو ایک مقصد مل گیا اور دل میں یہ خواہش انگڑائی لینے لگی کہ کبھی میں بھی اقبال متین کو اپنی آنکھوں سے دیکھوں۔ لیکن ہنوز دلی دور است تھی، وہ حیدر آباد اور نظام آباد کے درمیان گردش کر رہے تھے اور میں اورنگ آباد میں ان کی تخلیقات تلاش کر رہا تھا۔ مطالعے نے میرے ہاتھوں میں بھی قلم تھما دیا تھا۔ افسانے، میں بھی لکھنے لگا تھا۔ موضوعاتی سطح پر گو میں نے ان کی تقلید نہیں کی۔ ویسے بھی ان کی تقلید کرنا آسان نہیں بہت مشکل ہے۔ وہ مٹی سے سوندھا پن کشید کرنا چاہتے ہیں اور میں ابھی تک مٹی کے اسرار کی بصارت سے نا آشنا، وہ پھولوں کی طرح کردار سے خوشبو، بدلتی قدروں سے عصری آگہی کے تقاضے اور نامساعد حالات میں بھی جینے کے حوصلوں کی باتیں کرتے ہیں۔ اور میں ماضی کے دھندلکوں میں حال کی چادر

اوڑھے مستقبل کو بھی تشکیک بھری نظروں سے دیکھتا ہوں۔ اور وہ۔؟ اللہ کی پناہ۔ مثبت رویوں کا اتنا بڑا قلمکار بار بار پیدا نہیں ہوتا۔

اقبال متین کی شخصیت یقیناً صرف اہل حیدر آباد کے لیے نہیں بلکہ اردو دنیا کے لیے باعث افتخار ہے۔

بقول عابد سہیل۔۔۔

"اقبال متین اپنی کہانی کا مواد براہ راست زندگی سے حاصل کرتے ہیں۔ اسی سبب ان کے یہاں موضوع اور کرداروں میں بلا کا تنوع ملتا ہے اور ان کے کسی افسانے پر اپنے کسی دوسرے افسانے کی پرچھائیں نظر نہیں آتی، ان کے کردار زندہ، متحرک ہوتے ہیں اور ان میں وہ یک رنگی نہیں پائی جاتی جو ہیئت اور کسی ادبی یا سیاسی نظریہ پر فن کو قربان کر دینے سے پیدا ہو جاتی ہے۔ ان کے کرداروں میں وہ سارا تضاد پایا جاتا ہے جو زندگی سے عبارت ہے۔ ان میں نہ کوئی مکمل شیطان ہے نہ کوئی مکمل فرشتہ، سب انسان ہیں۔ فرشتہ صفت کردار ہمیں اچھے لگتے ہیں لیکن شیطان صفت کرداروں سے ہمیں نفرت نہیں ہوتی اور وہ حالات جنھوں نے ان کو ایسا بنا دیا ہے۔ ہمارے درمیان آ کھڑے ہو جاتے ہیں۔"

(عابد سہیل۔ گرد پوش۔ نچا ہوا البم)

اقبال متین کے افسانوں میں اکثر مقامات پر خود اقبال متین سے ملاقات ہو جاتی ہے، اور ان کا پرتو قاری پر چھلک چھلک اٹھتا ہے دوریاں نزدیکیاں بن جاتی ہیں، ان دیکھا مصنف قاری کی زبان بن جاتا ہے اور افسانہ دل کی دھڑکن بن کر خود سانسیں لینے لگتا ہے۔ ان کا افسانہ " مسدود راستے " ہوں یا " خالی پٹاریوں کا مداری " یا " دریدہ " ان افسانوں کے سامنے ایک باپ کی ایسی تصویریں ابھرتی ہیں جہاں اس کا حساس دل زندگی کی حقیقتوں کا سامنا بھی کر رہا ہے، حالات سے سمجھوتے پر بھی مجبور ہے اور اپنی ذمہ

داریوں سے آشنا بھی وہ کہیں بھی راہ فرار اختیار نہیں کرتا لیکن اپنی سینے میں اترنے والی ہر برچھی پر کبھی اپنے آپ پر کچھ راستے بند کرتا ہے کبھی قبرستان میں کوئی کچی قبر تلاش کرتا ہے اور کبھی ایک لمحہ رک کر اس بچے کو حسرت سے تکتا ہے جس میں وہ خود قید ہو کر رہ گیا۔

افسانہ "مسدود راستے" کا مرکزی کردار شرافت کا پتلا، خلوص کا پیکر اور زندگی سے جوجھنے والا کردار ہے لیکن انسان کی ساری خوبیاں اور ساری اچھائیاں اس کے معاشی حالات سے بندھی ہوتی ہیں۔ غالب کا خیال تھا۔

قرض کی پیتے تھے مئے، لیکن سمجھتے تھے کہ ہاں
رنگ لاویگی ہماری فاقہ مستی ایک دن

لیکن اقبال متین کے کرداروں کو فاقہ مستی کے رنگ لانے کی توقع بھی نہیں ہے اور انتظار بھی نہیں ہے۔ وہ خود اپنے آپ پر خلوص کے راستے بند کرتے جاتے ہیں، لیکن کیا محبت اور خلوص کے سارے راستے بند کرنے پر انسان قادر ہے۔۔۔؟ محبت تو کبھی ایسا قرض بھی بن جاتی ہے جس کا حساب چکتا کرنا ناممکن ہو جاتا ہے۔ اس کیفیت کو اور کہانی کے کلائمکس کو میں یہاں پر جان بوجھ کر تشنہ چھوڑ رہا ہوں تاکہ قاری خود اس افسانے کو پڑھے اور افسانے کے اچھوتے موضوع پر اقبال متین کو جی بھر کر داد دے سکے،

افسانہ 'دریدہ' کا مرکزی کردار صرف دانشوری کا نمائندہ نہیں ہے بلکہ اس میں ایک فرض شناس چوکنّا انسان بھی سانسیں لے رہا ہے وہ قلندروں کی طرح مطمئن بھی ہے وہ سب کی خدمت میں کھڑا ہے۔ اس کی باتوں میں ایک کشش ہے جو بھی اس سے ایک بار ملتا ہے وہ اس کا گرویدہ ہو جاتا ہے۔ اس افسانے میں اس کی ذہانت، حاضر جوابی، دوراندیشی کی بہت ساری مثالیں بھی موجود ہیں وہیں اس کی طبعیت کا ایک انوکھا روپ

بھی نظر آتا ہے۔ رات رات بھر ٹیپ ریکارڈر سننا، اپنی باتوں سے سب کو جگائے رکھنا، اس کی عادت ہے۔ اسی افسانے کا دوسرا اہم کردار 'نندو' ہے۔ اس کا بے حد چہیتا ساتھی، دونوں ہوسٹل کے ایک ہی کمرے میں رہتے ہیں، لیکن 'نندو'، 'سید' کی عادتوں سے بیزار ہے۔ سید سب کی زندگیوں میں دخیل ہے لیکن خود اس کے باطن میں کیا ہے کوئی نہیں جانتا، نندو چاہتا ہے کہ ہوسٹل کا کمرہ بدل لے، تاکہ اس سے نجات مل جائے۔ لیکن دوستی اور مروت آڑے آتی ہے۔ اسی بیچ نندو اپنے گاؤں چلا جاتا ہے اور کچھ دنوں کے بعد واپس آتا ہے تو پتہ چلتا ہے کہ سید نے خود ہی کمرہ بدل لیا ہے۔ کمرے کی ہر چیز قرینے سے رکھی ہوئی ہے وہیں نندو کو ایک پرچی ملتی ہے۔ تب پتہ چلتا ہے کہ سب کے دکھوں کا مداوا کرنے والا سید خود بھی کس قدر دکھی ہے۔

"وہ جو ٹیپ ریکارڈر پر دھری فریم میں جڑی ہوئی تصویر تم دیکھتے رہے ہو، سچ پوچھو تو وہ میرا بچپن نہیں ہے۔ وہ کھلنڈرا ہنس مکھ لڑکا میرا بیٹا تھا جو اب اس دنیا میں نہیں ہے۔ کچھ پیسوں کی سبیل کے امکانات نکل آئے سو اس کی قبر بنانے جارہا ہوں۔ اس کی تصویر فریم میں سجا رکھی ہے لیکن اس کی قبر کے نشانات تک مٹ چکے ہیں۔ اب اسی کو کھوجنا ہے، وہاں سوائے زمین کے اب کچھ نہیں ہے۔ مٹّی کا تودا بھی نہیں۔"

شمس الرحمن فاروقی نے اقبال متین کے افسانوں کا نفسیاتی تجزیہ کرتے ہوئے بالکل درست لکھا ہے۔

"اقبال متین کی نفسیاتی گرفت اس قدر سچّی اور مضبوط ہے کہ ان کے افسانوں کے کرداروں کی داخلی زندگی آئینہ ہو کر ہمارے سامنے آجاتی ہے۔"

(شمس الرحمن فاروقی۔ شب خون۔ شمارہ ۲۷۶)

اقبال متین کو افسانہ لکھنے کے لیے کچھ بہت بڑے موضوع کی ضرورت محسوس نہیں

ہوتی، زندگی کے سچ ے یا کردار کی داخلیت سے وہ ایک ایسا موضوع تراشنے میں کامیاب ہو جاتے ہیں، جو ان کے ہاتھ لگ کر کندن بن جاتا ہے۔ چاہت انسان سے کیا کچھ کام نہیں کرواتی، اگر اظہار کی جرأت نہ ہو تو خواہش منہ دیکھتے رہ جاتی ہے اور ناکامی کس طرح مقدّر ٹھہرتی ہے۔ اس کی مثال 'شرمیلا' کے 'جواد' کے روپ میں دیکھی جاسکتی ہے، یا پھر افسانہ 'کھنڈر' عشق کی ناکامی کا نوحہ بنجاتا ہے۔ یہی محبت جب ہوس کے راستے جسموں میں داخل ہوتی ہے تو گھر تباہ ہو جاتے ہیں، لیکن جب جنون کی آگ ٹھنڈی ہو جاتی ہے اور ہوش کے ناخون بڑھنے لگتے ہیں تو کردار کا ایک ایسا روپ بھی سامنے آتا ہے جہاں ہوس اور احساسات میں تصادم شروع ہو جاتا ہے۔ افسانہ 'ڈور تھی' پانچ کرداروں پر مشتمل ہے۔ شوہر 'بروج' بیوی 'ڈور تھی' عاشق 'نقوی' اور ڈور تھی کے دو بچے گڈّو اور گڈّی۔

ڈور تھی دو بچّوں کی ماں ہونے کے باوٴجود نقوی سے نہ صرف جسمانی تعلقات قائم کرلیتی ہے بلکہ اس کے ساتھ بقیہ زندگی بھی گزارنا چاہتی ہے۔ نقوی بھی اُسے اپنانے کے لیے تیار ہے۔ بروج اس سارے منظر نامے کا خاموش تماشائی ہے۔ وہ جسمانی طور پر کمزور نہیں ہے بلکہ نقوی سے زیادہ طاقتور، قوی ہیکل ہے۔ محبت کے اس تکون میں بروج کبھی نقوی پر نفرت کا شکنجہ نہیں کستا۔ خود نقوی کے دل میں بروج کے لیے بے حد احترام ہے۔ ایک وقت ایسا بھی آتا ہے کہ جب ڈور تھی اپنا گھر چھوڑ کر نقوی کے گھر چلی آتی ہے اور وہ دونوں ساتھ رہنے لگتے ہیں۔ یہاں سے کہانی ایک نیا موڑ لیتی ہے۔ بروج اور نقوی میں رقابت کے جذبات بھڑکنے کے بجائے ایک ایسی آگ روشن ہو جاتی ہے جو بچّوں کی خاطر ہر سمجھوتے کو ممکن بنانے کے لیے راضی ہو جاتی ہے۔

افسانے کا کلائمکس قاری کو ایک ایسے چونکا دینے والے مقام پر پہنچادیتا ہے جس کا وہ تصوّر بھی نہیں کرسکتا اور اقبال متین کا فلسفۂ محبت اُسے چاروں طرف سے جکڑ لیتا ہے۔

اقبال متین کا فلسفہِ محبت محدود نہیں ہے اور نا ہی مخصوص دلوں کے لیے مختص ہے۔ وہ افراد بھی جن کا تعلق شرفاء کے قبیلے سے نہیں ہوتا لیکن ان کے پاس بھی محبت و مروت اور ہمدردی کا احساس ہے اور رشتوں کی پاسداری بھی۔ افسانہ 'درد کا رشتہ' کی کال گرل جہاں اپنے گاہکوں کی ہر طرح دلجوئی کرتی ہے وہیں اپنے شناسا کے لیے جس سے کوئی رشتہ نہیں ہے پھر بھی اس کی ضرورتوں کو محسوس کرتی ہے اور اپنے بھائی کے لیے وہ سب کچھ کرنے کے لیے تیار ہے جس وطیرہ پر صرف شرفاء اپنا حق سمجھتے ہیں۔ اس افسانے کا منظر نامہ 'گھوڑ ریس' پر پھیلا ہوا ہے۔ اقبال متین اپنے قاری کو ریس (RACE) کی بنیادی باتوں سے بھی روشناس کرواتے ہیں جنھیں وہ بالکل نہیں جانتا، اس افسانے کی زیریں پرتوں سے معصومیت کا ایک ایک ایسا چہرہ بھی سامنے آتا ہے جو سعادت حسن منٹو کی 'سوگندھی' اور غلام عباس کے افسانے 'اُس کی بیوی' سے مختلف نہیں۔

اقبال متین ایک نہایت متنوّع افسانہ نگار ہیں۔ ان کا طویل افسانہ 'آنگن کی سہاگن' ممبئ کی جھگی جھونپڑیوں میں بسنے والے ایک مسلم خاندان کی عکاسی کرتا ہے تو افسانہ 'پو پھٹنے تک' حیدر آباد کے مضافات میں آباد ایک تلنگی خاندان کا نقشہ بھیپیش کرتا ہے۔ جھونپڑپٹیوں میں زندگی بسر کرنے والے افراد معاشی تنگدستی کے باعث زندگی کی کتنی ہی نعمتوں سے محروم ہی نہیں رہ جاتے ہیں بلکہ کبھی کبھی ان جھونپڑیوں میں رشتوں کا وہ تقدس بھی کھو بیٹھتے ہیں جو ان کی زندگیوں کا ماحاصل ہوتا ہے۔ ان انسانوں کی زبان و بیان اور رہائش طور طریقوں پر اس قدر کامیابی کے ساتھ گرفت کی گئی ہے کہ عقل اقبال متین کے مشاہدے پر دنگ رہ جاتی ہے۔ ان کا ایک اور افسانہ 'شیبا' بھی موضوع کے لحاظ سے نہایت اچّھوتا افسانہ ہے بلکہ اگر یہ کہا جائے کہ اردو ادب میں اس قسم کے افسانے نہیں کے برابر ہیں تو غلط نہ ہوگا۔ دوسری عالمی جنگ کے پس منظر میں لکھا گیا یہ افسانہ

انسانوں کی حیوانی جبلت اور حیوانوں کی انسانی صفات کا ایک ایسا مرقع بن گیا جہاں انسان بھی اپنے استحصالی عمل خود شرمندہ شرمندہ نظر آتا ہے۔ افسانے کا مرکزی کردار "شیبا" ہے۔ لیکن یہ شیبا آخر ہے کون؟ افسانے کا اقتباس خود تعارف کرواتا ہے۔

"شیبا جس نے زندگی کی صعوبتوں میں میرا ساتھ دیا، میری شیبا جو ہر صبح سے شام تک سنگاپور کی قید سے میری رہائی کی منتظر رہی، میری شیبا کی اس کمینے میجر نے بے حرمتی کی تھی' بڑی تذلیل کی تھی اس کی' اتنی کہ خود اس کی قوم کے سپاہیوں نے اس حرکت پر ناپسندیدگی کا اظہار کیا تھا۔۔۔"

"کون تھی یہ شیبا۔ نام بڑا خوبصورت ہے۔" میں نے پوچھا شیبا۔۔ شی۔۔۔ با۔۔ شی۔۔۔ با۔۔ مسعود نے دو ایک بار اسطرح اس کا نام لیا۔ کہنے لگا۔ میری کتیا۔ وفادار جانور' میری ڈارلنگ۔" اقبال متین نے ایسی نہ جانے کتنی عظیم اور لا جواب کہانیاں اردو ادب کو دی ہیں' لیکن ناقدین کے طبقے نے ان کے ساتھ انصاف نہیں کیا۔ اگر آج بھی ان کے کہانیوں کا محاسبہ کیا جائے تو ان کا قد ان کے معاصرین میں نکلتا ہوا ہی محسوس ہو گا۔ لیکن اقبال متین کو نہ کسی سے گلا ہے نہ شکوہ' وہ تو اس مور کے مانند ہے جو اپنے ہی رقص میں آپ بے خود ہے۔

اقبال متین نے آصف جاہی سلطنت کے کروفر کو بھی دیکھا' جاگیردارانہ ٹھاٹھ باٹ کو بھی جیا' اور پھر جب وقت بدلا تو انھوں نے شاہی کو عوامی اقتدار میں منتقل ہوتے ہوئے بھی دیکھا۔ جاگیرداروں کو لٹتے ہوئے بھی دیکھا۔ امارت کے سرنگوں ہونے کے گواہ بھی بنے' قدیم اور جدید تہذیبوں کے تصادم کو بھی بھوگا' قدروں کو پائمال ہوتے ہوئے بھی دیکھا اور قدروں کے پاسبانوں کو اپنی آبرو کی مٹی سسکتی آن بان کی پرورش کرتے ہوئے بھی دیکھا۔ اس لیے ان کا قلم ایک مخصوص روایت کا امین ہے۔ جدید سفر کا آشنا بھی ان

کے کردار اعلیٰ اقدار کے پروردہ بھی ہیں اور بدلتے زمانے سے اس طرح آنکھیں بھی چار کرتے ہیں کہ عزت سادات کو بہر ال کسی صورت محفوظ بھی رکھنا ہے۔ جن ادیبوں نے محض سُنی سنائی کہانیوں پر خیالی گھوڑے دوڑاتے ہوئے جاگیر داروں کے ظلم' ان کے بے راہ روی اور ان کی عیاشوں کو گرفت کیا ہے انھیں اقبال متین کے ان افسانوں کو بھی ایک بار ضرور پڑھ لینا چاہیے' جو حقیقت کا آئینہ بھی ہیں اور ماضی کی معاشرتی تاریخ بھی۔ ان افسانوں میں "ملبہ ، گرتی دیواروں ، پانی کے چراغ ، آدمی اور آدمی ، کتاب سے کتبے تک اور اندھیروں کی لاج" وغیرہ شامل ہیں۔ جن کے کردار مٹتی تہذیب وتمدن کے نمائندے بھی ہیں جن میں انسانیت کی شمع بھی روشن ہے اور ان کے غم میں ماضی کی شاندار روائتیں بھی ہیں ان کی آنکھوں میں جلال و جمال بھی ہے اور حال کی بے بسی بھی۔

یہی وجہ ہے کہ علاقے دکن میں ان کے ابھرنے والے اکثر ادیبوں نے ان سے روشنی حاصل کی۔ چناچہ ان کے فوری بعد اُبھرنے والی نسل میں رفعت نواز نے خاندان کی اہمیت ، مٹتی ہوئی قدریں اور گرتی ہوئی تہذیب کی دیواروں میں آباد ان افراد کی کہانیوں لکھی ہیں جو رشتوں کی پاسداری اور محبت کے چراغ روشن رکھنے کا ہنر جانتے ہیں جن کی گھٹی گھٹی سانسوں میں بھی خلوص ٹپکتا ہے۔

ہم دکن والوں نے زندگی کے عروج و زوال کو بہت قریب سے دیکھا ہے۔ اگر اقبال متین 'جاگیر دارنہ نظام کے چشم دید گواہ ہیں تو ان کے بہت بعد اٹھنے والے میری طرح کے قلمکار اس کے نوحہ گر اور ماتم دار ہیں۔

اقبال متین مجھ سے اپنے افسانے پڑھواتے رہے اور میں ان سے ملاقات کے لیے تڑپتا رہا۔ حالانکہ اورنگ آباد سے حیدرا آباد کا سفر زمین سے مریخ کا سفر بھی نہیں اور ایسا بھی نہیں کہ میں حیدرآباد تک نہیں پہنچا۔ لیکن ملاقات نہیں ہو سکی اور خواہش ہاتھ ملتے

رہ گئی۔

افسانوں کے اس جادوگر سے میری پہلی روبرو ملاقات اس وقت ہوئی جب حیدرآباد میں عالمی اُردو کانفرنس کا اہتمام ہوا۔ اور مجھے اُس میں شرکت کا موقع ملا۔ پہلی نظر ہی میں محسوس ہوا، ارے یہ تو وہی "مسدود راستوں "کا مسافر ہے۔ ذہن نے کہا نہیں یہ "دریدہ "کا سید ہے، "خالی پٹاروں" سے کوئی سر باہر نکل آیا مجھے پہچانوں میں ہی "اقبال متین "ہوں، کبھی وہ ڈور تھی کا بروج لگا، کبھی نقوی کا حساس دل اس کے سینے میں دھڑکتا ہوا محسوس ہوا اور پھر جب میں نے ان سے ہاتھ ملایا تو محسوس ہوا، اس ایک ہاتھ میں جانے ان کے افسانوں کے کتنے ہی کردار مجھ سے مصافحہ کر رہے ہیں۔ میں نے ان کی طرف دیکھا تو ان کے چہرے کی وجاہت نے اعلان کیا تم مجھے افسانوں میں ڈھونڈ رہے ہو ارے میں تو سلطنت حیدرآباد کے عروج وزوال کا وقت ہوں۔۔۔

مجھے پہچانو، میں "اقبال متین "ہوں۔

***

اقبال متین کی افسانہ نگاری (ملبا کے حوالے سے)

احمد علی جوہر

اقبال متین اردو کے منفرد و ممتاز اور بلند پایہ افسانہ نگار ہیں۔ ان کا شمار آزادی کے بعد کے قد آور افسانہ نگاروں میں ہوتا ہے۔ وہ اپنے معاصرین جوگیندر پال، عابد سہیل، رتن سنگھ، اقبال مجید، جیلانی بانو، واجدہ تبسم، غیاث احمد گدّی اور قاضی عبدالستار وغیرہ میں اپنی نمایاں شناخت رکھتے ہیں۔ ان کی پہلی کہانی "چوڑیاں" جون ۱۹۴۵ء میں اردو کے معروف و معتبر افسانہ نگار احمد ندیم قاسمی کی ادارت میں نکلنے والے موقر ادبی رسالہ 'ادب لطیف' میں شائع ہوئی تھی۔ ان کے سات افسانوی مجموعے شائع ہو چکے ہیں۔ چھ دہائیوں سے زائد طویل عرصہ پر محیط اپنے افسانوی سفر میں انھوں نے اپنی افسانوی نگارشات سے اردو کے افسانوی ادب میں گراں قدر اضافہ کیا ہے۔ ڈاکٹر سلیمان اطہر جاوید ان کے بارے میں لکھتے ہیں۔

"پریم چند کے بعد اردو کے ممتاز فکشن نگاروں کی فہرست مرتب کی جائے تو اس میں ایک نام اقبال متین کا بھی رہے گا خواہ یہ فہرست کتنی ہی مختصر ترین کیوں نہ ہو۔" (۱)

اقبال متین کا تعلق حیدرآباد سے ہے۔ انھوں نے نوابوں کے اس شہر، یہاں کی جاگیرداری اور اس کی قدروں کو بہت قریب سے دیکھا ہے۔ یہی وجہ ہے کہ ان کے افسانوں کا ایک اہم موضوع زوال پذیر جاگیردار معاشرہ رہا ہے۔ اس موضوع پر واجدہ

تبسم اور جیلانی بانو نے بھی کہانیاں لکھی ہیں مگر اقبال متین کی خصوصیت یہ ہے کہ انھوں نے معاشرہ کے منفی رُخ کو اُجاگر کرتے ہوئے حد سے بڑھی ہوئی شدّت پسندی کا مظاہرہ نہیں کیا ہے اور وہ زیادہ جذباتی نہیں ہوئے ہیں۔ ان کا مخصوص دھیما لہجہ اور ٹھہر ٹھہر کر واقعہ کو بیان کرنے کا انداز انھیں مذکورہ افسانہ نگاروں سے منفرد و ممتاز کرتا ہے۔ انھوں نے زوال پذیر جاگیر دار معاشرہ پر کئی کہانیاں لکھی ہیں جن میں ایک 'ملبا' بھی ہے۔ یہ اقبال متین کا نمائندہ افسانہ ہے۔ اس میں انھوں نے جاگیر دارانہ ماحول کے جبر واستبداد کے ایک مخصوص پہلو کو بڑی نزاکت اور چابکدستی سے اُبھارا ہے۔ اس کا موضوع جاگیر دارانہ سماج میں غریب اور بے بس خواتین کا جنسی استحصال ہے۔ افسانہ کے مرکزی کردار نواب صاحب ہیں جن کی عیاشی اور بوالہوسی کی کوئی حد نہیں ہے۔ ان کی زندگی میں جو چیز سب سے زیادہ اہمّیت رکھتی ہے وہ اپنی جنسی خواہش کی تکمیل ہے، وہ چاہے ناجائز طریقے سے ہو۔ اس کام میں ان کا معاون سرفراز علی ہے جو ان کے اڑدلیوں کا صدر ہے۔ سرفراز علی نواب صاحب کا وفادار اور بے حد چہیتا ملازم ہے۔ آخر چہیتا کیوں نہ ہو کہ ایک مرتبہ جب کسی موروثی دشمن نے نواب صاحب پر جان لیوا حملہ کیا تو سرفراز علی نے اپنی جان پر کھیل کر نواب صاحب کو بچایا۔ اس کے علاوہ سرفراز علی نے بیسیوں لڑکیوں کو نواب صاحب کے خواب گاہ میں پہنچایا۔ نواب صاحب کی نگاہ جس لڑکی پر ٹھہر گئی، سرفراز علی نے اسے کسی نہ کسی طرح نواب صاحب کے آرام گاہ میں پہنچا کر ہی دم لیا۔ ایک مرتبہ نواب صاحب اپنی کسی جاگیر گئے تو وہاں ان کی نظر ایک لڑکی پر پڑگئی۔ لڑکی والے راضی نہ ہوئے تو سرفراز علی نے اس لڑکی کو بے زبان گائے کی طرح پکڑ کر اسٹیشن پر لایا اور دولاتیں مار کر ٹرین میں ڈھکیل دیا تاکہ نواب صاحب کی جنسی خواہش پوری ہونے سے نہ رہ جائے۔ یہ لڑکی آگے چل کر نواب سکندر حسین خان کی ماں بنیں

کیوں کہ نواب صاحب نے باضابطہ عقد شرعی کے ذریعے ان کو اپنی بیوی بنالیا تھا جن کے بطن سے نواب سکندر حسین خان تولّد ہوئے۔ نواب صاحب کی نگاہ آئے دن کسی نہ کسی لڑکی پر پڑتی جسے ان کے خواب گاہ میں پہنچانے کا کام سرفراز علی انجام دیتا اور پھر اسے اپنی مالکن سمجھتا۔ مگر بے چارے سرفراز علی کو کیا پتہ تھا کہ ایک دن اس کی بیاہتا اور پیاری بیوی گلبدن بُوا پر بھی نواب صاحب کی نظر ٹھہر جائے گی اور اس کی ساری خدمات کا یہی صلہ ملے گا۔ دیکھئے اس واقعہ کو اقبال متین نے اپنے فن کارانہ قلم سے کس خوبصورتی سے بیان کیا ہے:

"گلبدن بُوا پلنگ پوش کی سلوٹیں صاف کرتی ذرا کمر سیدھی کرنے کے لیے آدھا جسم زمین پر اور آدھا جسم پلنگ پر پھینک کر بس دو چار بار پلکیں جھپکا سکیں اور پھر جیسے فرشتوں نے انھیں آہستہ آہستہ زمین سے اوپر اٹھالیا۔ انھیں اپنے ٹوٹے ہوئے بدن کی کچھ سدھ بدھ نہیں رہی۔ نواب صاحب خواب گاہ میں داخل ہوئے تو انھیں گلبدن بُوا کی جسارت پر بے اختیار پیار آگیا۔ آنکھ کھلی تو گلبدن بُوا نے دیکھا کہ فرشتوں نے انھیں نواب صاحب کی گود میں پھینک دیا ہے۔ انھوں نے سوچا کہ جس کا نمک رگ رگ میں ہو اس کی ہو رہنا بھی تو نمک حلالی ہے۔ اور صبح ہوتے ہوتے گلبدن بُوا گلبدن بیگم بن گئیں۔"(۲)

گلبدن بوا سرفراز علی کی چہیتی بیوی تھی جس پر وہ جان چھڑکتا تھا۔ گلبدن بوا بھی سرفراز علی کو اس حد تک چاہتی تھی کہ کبھی کبھی وہ سرفراز علی سے کہتی تھی کہ نواب صاحب کے لیے مال فراہم کرتے کرتے کہیں خود کسی کے نہ ہو جانا۔ ایسی چہیتی بیوی کے چھن جانے پر سرفراز علی کو بے حد صدمہ ہوا اور روتے روتے اس کا بُرا حال ہو گیا۔ اس نے مجبور ہو کر بیوی کو طلاق دے دی مگر اتنی حمیت باقی تھی کہ نواب صاحب کی عنایت کردہ رقم کو قبول کرنے سے انکار کر دیا مگر اس نے نہایت ادب سے نواب صاحب سے

گذارش کی کہ گلبدن بیگم کو صرف ایک بار دیکھ لینے کی اجازت دی جائے۔ نواب صاحب نے گلبدن بیگم کے مشورہ پر اجازت دے دی اور آخری دیدار ہوا۔ اس منظر کی ایک جھلک اقبال متین کی تصویر کاری میں دیکھئے:

"گلبدن بیگم چھجے پر جلوہ افروز ہوئیں، نواب صاحب ذرا سا اوٹ میں چھپ گئے۔ سر فراز علی طلب کیے گئے۔ نظریں اٹھیں۔ انھوں نے گلبدن بیگم کو دیکھا اور دوسرے ہی لمحے دوہرے ہو کر فرشی آداب بجالایا اور پھر آنکھوں پر ہاتھ رکھ کر دیوانہ وار بھاگے۔"(۳)

یہاں سر فراز علی کی پامال اور مجروح شخصیت کی تصویر کشی جس ڈرامائی انداز میں کی گئی ہے اس سے اس کے دل و دماغ کی پوری کیفیت آنکھوں کے سامنے پھرنے لگتی ہے۔ چنانچہ جب گلبدن بوا نواب صاحب کے عقد میں آئیں اور گلبدن بیگم بن گئیں تو پورے دس ماہ کے بعد ان کے بطن سے نواب قلندر حسین خان پیدا ہوئے جو شکل وصورت، چہرہ مہرہ اور حلیہ میں بالکل نواب صاحب کی طرح تھے۔ نواب صاحب سے ان کی مشابہت اقبال متین کے لفظوں میں ملاحظہ ہو۔

"نواب قلندر حسین خان کے متعلق لوگ کہتے تھے کہ بس باپ کے منہ سے ٹپک گئے ہیں۔ چال ڈھال، رنگ روپ، دوھری ہڈی، عمر سے زیادہ گوشت پوست اور چربی، نواب صاحب کو اگر جوانی بخش دی جائے تو اللہ میاں بھی پہچان نہ سکیں کہ باپ کون سا ہے اور بیٹا کون سا؟ اسی لیے تو وہ نواب صاحب کے چہیتے تھے ورنہ ڈیوڑھی بھر میں کتنے ہی ایسے ننگے بچے درخت پر کونے میں پڑے سوکھ رہے تھے جن کے متعلق نواب صاحب کو شبہ تھا کہ تخم کسی نے بویا ہے تو کھاد اور کسی نے دی ہو گی۔ دونوں کام نواب صاحب نے نہیں کیے۔ اس بات کا یقین ہو جائے کہ فصل اپنی نہیں تو کون درد سر مول لے۔ کون جھکّڑوں سے بچائے۔ کون پتّے اور ٹہنیاں گن گن کر پروان چڑھائے۔ آخر

قدرت کے تفویض بھی تو کچھ کام ہیں۔"(۴)

یہاں اقبال متین نے نواب قلندر حسین خان کی ان کے والد نواب صاحب سے ملتی جلتی شکل وشباہت کی فنکارانہ مرقع کشی تو کی ہی ہے، اس کے ساتھ انھوں نے اپنے مخصوص طنزیہ انداز میں بے درد اور سفّاک جاگیر دارانہ ماحول وفضا کی بھی عکّاسی کی ہے۔ افسانہ کے اس اقتباس کو پڑھ کر منٹو کے افسانہ 'پھندنے' کی یاد آتی ہے جس میں منٹو نے اپنے علامتی واستعاراتی انداز میں جاگیر دارانہ سماج میں ناجائز بچوں کی ذلّت آمیز ولادت اور ان کی بے رحم موت کا نقشہ کھینچا ہے۔ حالاں کہ اقبال متین نے یہاں براہِ راست کچھ نہیں کہا ہے مگر اشاراتی ورمزیاتی انداز میں انھوں نے جاگیر دارانہ سماج میں انسانیت کی تذلیل وتحقیر کے پہلوؤں کو بھی اُبھارا ہے۔

چنانچہ جب گلبدن بیگم کے بطن سے اپنی شکل وصورت سے ملتا جلتا نواب صاحب کا بیٹا نواب قلندر حسین خان پیدا ہوا تو وہ نواب صاحب کا پسندیدہ بیٹا بن گیا اور ان کی ماں گلبدن بیگم ان کی چہیتی بیگم۔ وہ نواب صاحب کی اتنی چہیتی تھیں کہ ڈیوڑھی کی ساری بیگمات ان پر رشک کرتی تھیں۔ وہ اپنے بیٹے نواب قلندر حسین خان جو نواب صاحب کے بڑے چہیتے تھے، کے توسط سے جو چاہتی کروالیتی تھیں۔ ساری خادمائیں ان کے اشارے پر ناچتی تھیں۔ مگر انھیں کیا پتہ تھا کہ آگے چل کر ان کا بھی وہی حشر ہوگا جو دوسری بواؤں کا ہوا تھا۔ چنانچہ کچھ ہی دنوں بعد نواب صاحب نے بمبئی کی فلمی دنیا سے لائی گئی ۱۶ سال کی نوخیز اکسٹرا لڑکی کو اپنے خواب گاہ کی زینت بنایا اور گلبدن بیگم سے اپنی نگاہ پھیر لی۔ اب گلبدن بیگم کی یہ حالت ہوگئی کہ وہ اپنے بیٹے نواب قلندر حسین خان کی جھلک دیکھنے کو ترستی رہتیں۔ دوچار دن میں کہیں جاکر بیٹے کا دیدار ہوپاتا کیوں کہ سرفراز علی کے جانے کے بعد نواب صاحب کے دربار میں خدمت کی ذمّہ داری نواب قلندر حسین

خان نے لے لی تھی۔ اب وہ ہر وقت اپنے والد نواب صاحب کی خدمت میں لگے رہتے کیوں کہ ان کے مطابق ڈیوڑھی کے مالک نواب صاحب تھے۔ ان کا خادم ہو کر ہی اس سے فائدہ اُٹھایا جاسکتا تھا۔ اس لیے نواب قلندر حسین خان ہر وقت نواب صاحب کے آگے پیچھے لگے رہتے۔ اس کی وجہ سے وہ اپنی نئ نویلی دلہن کو بھی مناسب وقت نہیں دے پاتے۔ دربار سے رات دیر گئے گھر لوٹتے تو کبھی دلہن سوجاتیں اور کبھی جاگتی رہتیں۔ تنہائی وافسردگی کی شکار ایک رات دلہن کافی دیر رات تک جاگتی رہیں اور دل ہی دل میں روتی رہیں۔ انھیں رنجیدہ وملول دیکھ کر نواب قلندر حسین خان ان سے اس کی وجہ پوچھتے ہیں تو وہ کچھ بھی نہیں کہہ پاتی ہیں۔ مگر ان کے ذہن میں خیالات کا ہجوم امنڈ آتا ہے اور وہ مسلسل سوچتی رہتی ہیں۔ ان کی سوچ اور ان کے خیالات کے ذریعے اقبال متین نے اپنے مخصوص طنزیہ و دلکش پیرائے میں جاگیر دارانہ سماج میں عورتوں کی بے بسی ولاچاری، ان کے دکھ درد اور غم والم کی عکاسی اس طرح کی ہے کہ قاری کو ان کی حالتِ زار پر ترس آنے لگتا ہے اور ادبی لطف وچاشنی سے بھی محظوظ ہوتا ہے۔

"آپ اتنی رات تک جگ کیوں رہی ہیں"؟۔ دلہن جو ڈیوڑھی بھر کے لیے دلہن بیگم تھیں اور نواب قلندر حسین خاں کے لیے صرف بیگم۔ کچھ بھی نہ کہہ سکیں۔ بستر کی شکنوں نے نشتر بن کر دلہن کو کچوکے دیئے۔ دیواروں پر رینگتی ہوئی تنہائیوں نے دلہن کے کانوں میں سرگوشیاں کیں۔ کھلی ہوئی کھڑکیوں اور دروازوں کی پھٹی پھٹی آنکھوں نے دلہن کو اشارے کیے۔ کہہ دو دلہن۔ آج ہی کہہ دو کہ تم ڈیوڑھی کے طول طویل احاطے میں بھٹکتی ہوئی زخمی روحوں سے واقف ہوگئی ہو۔ ایسی روحوں سے جن کے ماضی کو۔۔۔ بڑے نواب صاحب نے حرفِ غلط کی طرح محو کروادیا ہے۔ ان روحوں کا نہ کوئی ماضی ہے اور نہ کوئی مستقبل۔ لوح پاک میں ان کے ناموں کے متوازی ان کی تقدیر

صرف تین لفظوں میں لکھی گئی ہے۔ پیدائش، عقد، موت۔ پیدائش سے لے کر موت اتنی لمبی پوری مدت میں ان کو نہ کوئی نیکی کرنی ہے اور نہ کسی بدی سے ان کا واسطہ ہے۔ اللہ نے اشرف المخلوقات کو پیدا کیا اور بہت سے کام اس کے تفویض کیے لیکن اللہ نے انھیں صرف ایک ہی کام دیا اور وہ تھا نواب سے عقد کرلینا۔ اس کے بعد اللہ نے اور کوئی کام سونپنے کی ضرورت نہ سمجھی۔ درودیوار چیخ رہے تھے۔ تم نے بھی نواب ابن نواب سے عقد کرلیا ہے دلہن! تمہاری زندگی کا مقصد بھی پورا ہوگیا۔ تم جس لیے پیدا ہوئی تھیں وہ تم کرچکیں۔ اب اپنے مستقبل کو نواب صاحب کے قدموں میں رکھ کر بالکل بھول جاؤ۔ اب تمہیں مستقبل کے گھٹاٹوپ اندھیروں میں کچھ نہیں ملے گا۔ اس لیے کہ ماضی کی یادوں کے سہارے زندہ رہنا چاہوگی تو یہ بھی ممکن نہ ہوگا۔ اس لیے ماضی کی دل خوش کن یادیں بھی حویلی کی اونچی اونچی دیواریں پھلانگ کر تم تک نہیں آسکیں۔"(۵)

نواب قلندر حسین خان کی بیوی کی یہ دردناک حالت تھی تو ان کی ماں کی حالت اس سے بھی زیادہ المناک تھی۔ وہ نواب صاحب کی نگاہِ التفات اور اپنے بیٹے کے سہارے دونوں سے محروم ہوگئی تھیں۔ اب ان سے گھر کے نوکر چاکر بھی گستاخیاں کرنے لگے تھے۔ اس کے برعکس بوا معراج خانم تھیں جن کی عزّت ڈیوڑھی میں اس حد تک نیلام نہیں ہوئی تھی۔ حالاں کہ نواب صاحب انھیں بھی نہیں چاہتے تھے مگر ان کا جوان بیٹا ان کے دکھ درد کا خیال رکھتا تھا مگر گلبدن بیگم کو اپنی کوکھ کی اولاد تک کی توجہ حاصل نہیں ہوپاتی۔ تنہائی کے کرب سے بے چین وہ اپنی قسمت کو کوستی رہتی ہیں۔ کبھی کبھی یہ خیال دل میں آتا ہے کہ شاید سرفراز علی کی بددعا کا اثر ہو۔ کبھی کبھی اللہ میاں کے بارے میں بھی سوچنے لگتی ہیں مگر پھر خوف سے لرز اُٹھتی اور توبہ واستغفار میں محو ہوجاتی ہیں۔ غرض کہ ان کی زندگی کال کوٹھری میں مقید ہوکر رہ جاتی ہے۔ ایک دن ساری حویلی میں یہ خبر

گشت کر جاتی ہے کہ نواب قلندر حسین خان چھوٹی بیگم کے ساتھ پکڑے گئے۔ نواب صاحب نے خود اپنی آنکھوں سے دیکھا ہے۔ گلبدن بیگم پر اس کا جو اثر ہوتا ہے اسے افسانہ نگار اقبال متین کی زبان سے سنئے:

"گلبدن بیگم کے دل کو اپنی مٹھی کی مضبوط گرفت میں لے کر جیسے سرفراز علی نے سارا خون نچوڑ لیا۔ وہ پھٹی پھٹی آنکھوں سے خلا میں گھورنے لگیں اور ان کے ذہن نے جانے کیوں اس طرح سوچا کہ نواب صاحب ڈیوڑھی کے گرے ہوئے حصّے کا وہ ملبہ ہیں جس کے بڑے سے ڈھیر کے پیچھے چھپ چھپ کر قلندر میاں چھوٹی بیگم سے ملنے کے لیے جایا کرتے تھے جو سولہ سال کی سہی لیکن پھر بھی ان کی ماں تھیں۔ لیکن قلندر نواب گلبدن بیگم کی گود میں سر رکھے زار و قطار رو رہے تھے۔ ابا حضور نے مجھ پر شک کیا ہے۔ مجھ پر۔ ماں مجھ پر، مجھ پر ماں۔ گلبدن بیگم بھی اپنے آنسو روک نہ سکیں۔ ان کو آج ان کا بیٹا مل گیا تھا۔ لیکن قلندر نواب ڈیوڑھی کے چھوٹے بڑے ہر شخص کی آنکھوں میں آنسو بن کر جانے کہاں جا چھپے۔ کسی نے پھر ان کو نہیں دیکھا۔"(٦)

گلبدن بیگم اس خبر کو سن کر بے حد دل گرفتہ ہوتی ہیں مگر اس بہانے ان کو ان کا بیٹا مل جاتا ہے وہ بھی اس طرح کہ اس کے بعد ان کا بیٹا ہمیشہ کے لیے غائب ہو جاتا ہے یعنی مر جاتا ہے یا مار دیا جاتا ہے۔ یہاں قاری کے دل کو بڑا شدید صدمہ پہنچتا ہے کہ نواب قلندر حسین خان کی ساری خدمات کا یہ صلہ ملتا ہے کہ ان پر الزام لگایا جاتا ہے اور اس سے اس کی زندگی چھین لی جاتی ہے۔ اسی طرح قاری کو اس وقت بھی شدید جھٹکا لگتا ہے جب نواب صاحب سرفراز علی سے اس کی بیوی کو چھین کر اسے کسی خیراتی اسپتال میں مرنے پر مجبور کرتے ہیں۔ اس افسانہ کو پڑھ کر ایسا محسوس ہوتا ہے کہ زوال پذیر جاگیردارانہ سماج میں منفی اور غیر انسانی قدروں کا بول بالا ہو گیا تھا۔ وہاں شک و شبہ اور

خوف وسازش کی فضا نے بھی جنم لے لیا تھا۔ وہاں انسان کی کوئی حیثیت نہیں رہ گئی تھی۔ وہاں ساری اہمّیت جنسی خواہش کو حاصل تھی جس کی تکمیل کے لیے کتنی ہی غریب و بے بس خواتین کے جذبات واحسات اور ان کی آرزوؤں اور امنگوں کو کچل دیا جاتا تھا۔ وہاں عورت ایک بے جان کھلونا تھی۔ سب کچھ اسے کھیلنے والے کی مرضی پر منحصر تھا۔ جب چاہا کھیلنے والا اس سے کھیل لیا، جب جی بھر گیا تو اسے کہیں پھینک دیا یا کسی کونے کترے میں ڈال دیا اور پھر دوسرے کھلونے سے جی بہلانے لگا۔ اس طرح جنسی جبر و تشدّد اور ظلم واستحصال کا سلسلہ چلتا رہتا۔ اقبال متین نے اپنے اس افسانہ میں جاگیردارانہ سماج کے زوال کی اس قدر متحرّک اور جاندار تصویر پیش کی ہے جس میں باریک سے باریک نقش بھی ابھر آیا ہے اور جو ان کے سماجی اور تہذیبی شعور اور فن کارانہ بصیرت کی بیّن دلیل ہے۔ اس میں اقبال متین نہ تو جذباتی ہوئے ہیں اور نہ مبالغہ سے کام لیا ہے بلکہ انھوں نے زوال پذیر جاگیردارانہ سماج کی بے رحم سچّائیوں کو اپنے مخصوص ومنفرد اور اچھوتے انداز میں بیان کیا ہے۔ اس افسانہ کو پڑھنے کے بعد برملا یہ بات کہی جاسکتی ہے کہ یہ اپنے موضوع پر دلچسپ اور معنی خیز افسانہ تو ہے ہی، یہ اردو ادب کا بھی نمائندہ اور شاہکار افسانہ ہے۔

حوالہ جات:

(۱) ڈاکٹر سلیمان اطہر جاوید، اقبال متین، مشمولہ، اقبال متین سے اُنسیت، مرتب: نورالحسنین، ایجوکیشنل پبلشنگ ہاؤس، دہلی، ۲۰۱۲ء، ص:۲۹۸۔

(۲تا۶) اقبال متین، 'ملبا'، مشمولہ، اقبال متین کے افسانے، ایجوکیشنل پبلشنگ ہاؤس، دہلی، ۲۰۱۰ء، ص:۹۴تا۱۰۳

* * *